UNE HISTOIRE D'AMOUR
SANS CARIBOU

Charlie WAT

UNE HISTOIRE D'AMOUR
SANS CARIBOU

Correction et mise en pages :
Claudie LIBERSA – claudie.libersa.edition@gmail.com

ISBN : 978-1-9734450-0-5

– 1 –

La sonnerie retentit. L'épreuve commençait.

Suffisamment aiguisé par des années de pratique, son instinct lui commanda immédiatement le meilleur itinéraire possible. Prendre le temps de la réflexion était de toute façon proscrit par les règles tacites en vigueur dans ce milieu hostile. À peine montée, elle se fraya un chemin entre le gigantesque sac à dos d'un lycéen et une poussette-canne dans laquelle se débattait une fillette en pleine crise de nerfs. En bonne habituée, elle ne s'y attarda pas et continua sur sa lancée : la moindre seconde de déconcentration pouvait mettre à mal ses efforts. Elle poursuivit sa route, joua des coudes, des hanches, écrasa un pied, trébucha sur une cheville, s'excusa une bonne dizaine de fois et parvint finalement, au prix d'un effort titanesque, à toucher le siège qu'elle avait repéré. Pile au même moment que l'homme d'une cinquantaine d'années qui se figea devant elle. Elle le regarda, il la regarda, le face-à-face s'engagea, personne ne pouvait à cet instant présager l'issue de la bataille. Mais sans doute vaincu par l'air exténué de la jeune femme et par un reste de galanterie, l'homme céda en l'invitant à s'asseoir.

— Vous êtes sûr ? demanda-t-elle pour la forme, gênée malgré tout d'avoir coupé l'herbe sous le pied à ce monsieur qui lui semblait plutôt sympathique.

— Je vous en prie, répondit-il en soufflant, tandis que, déjà, il levait les yeux au plafond à la recherche d'une poignée susceptible de le retenir en cas de freinage intempestif.

Consciente du sacrifice, Fanny le remercia chaleureusement avant de s'installer. Là, elle soupira d'aise, fière de ce qu'elle venait d'accomplir : arriver à trouver une place vide aux heures de pointe tenait du miracle.

Le train se mit en branle.

Elle sortit de son sac en toile son nécessaire à tricot, deux aiguilles longues et fines d'où pendaient une pièce mauve et une pelote de laine angora de la même couleur qui, d'ici quelques jours, deviendraient un gilet pour Lilou. Fanny espérait qu'il serait prêt pour Noël. Elle savait à quel point sa fille souhaitait un vêtement « plein de poils » comme elle aimait à dire.

Le cadeau de Tom, lui, était déjà lavé et emballé depuis deux mois : c'était un pull en cachemire gris à l'effigie d'un caribou blanc. Fanny avait mis des semaines à le réaliser, sans compter les jours passés à chercher un patron convenable sur internet. Mais le bonheur de ses enfants n'avait pas de prix. Elle sourit aux anges en pensant à la tête que ferait Tom lorsqu'il découvrirait le vêtement tout doux – surtout l'animal dessus – qu'elle lui avait confectionné.

Avant les vacances de Noël de l'an passé, la maîtresse de moyenne section avait raconté à ses élèves un joli conte dans lequel le héros était un caribou. Depuis, son fils nourrissait une véritable passion pour cet animal. Lilou avait bien sûr repris son frère de nombreuses fois : « On appelle ça un renne ici. *Caribou* c'est le nom canadien », soufflait-elle avec sa mine de grande-sœur-qui-sait-des-choses dès qu'elle en avait l'occasion. À chaque fois, le petit garçon acquiesçait et se forçait à dire « renne » jusqu'au lendemain, mais le mot « caribou » refaisait irrémédiablement surface. À court d'arguments, Lilou avait fini par capituler et accepter cette désignation, tout comme Fanny, et Arlette la grand-mère. Il était donc désormais acquis pour toute la famille que la peluche offerte par Arlette à Tom pour son anniversaire était un caribou, et non pas un renne, comme cela avait été inscrit, malencontreusement dirons-nous, sur l'étiquette.

Le train s'arrêta à la gare suivante. Concentrée sur son ouvrage, Fanny ne leva pas la tête. C'est tout juste si elle remarqua le silence qui l'entourait soudain : les pleurs hystériques de la fillette avaient cessé, elle avait dû descendre là, à moins qu'un biscuit au chocolat ait eu raison de ses hurlements. De nouveau, les portes sonnèrent avant de se fermer. Le train repartit dans un bruit de piston. Sous l'impulsion, le cinquantenaire, qui avait lâché la poignée pour consulter sa tablette, manqua de tomber. Il se rattrapa à l'épaule de Fanny.

— Désolé, fit-il en retirant sa main comme s'il venait de prendre un coup de jus.

Fanny, qui n'avait rien senti, arqua un sourcil surpris avant de se remettre à compter, du bout des lèvres, le nombre de rangs et de points du gilet en devenir.

La voisine de Fanny coula un regard perplexe vers ses mains qui s'activaient sur les aiguilles : une jeune femme d'à peine 30 ans qui tricotait était, à ses yeux, plutôt insolite, d'autant plus que l'agilité de ses doigts montrait qu'elle était loin d'être novice en la matière. Elle eut une pensée émue pour sa propre mère, atteinte de la maladie de Parkinson, qui tricotait si bien jadis et qui, à présent, avait toutes les difficultés du monde à tenir un simple verre. Elle se tourna et médita sur la vie et la vieillesse, en observant le paysage qui défilait à toute allure derrière les vitres.

Face à elles, un homme tenait un journal. « *Bientôt une pilule anti-cancer ?* » titrait la une. En dépit de la chaleur suffocante qui régnait dans la rame, Fanny frissonna.

Le cancer avait été fulgurant : il lui avait enlevé l'homme de sa vie en à peine neuf mois, neuf mois difficiles faits de chagrin, de souffrance et d'amour. C'est ainsi que Fanny était devenue veuve à 27 ans, à l'âge où ses amies de lycée se mariaient. Depuis trois ans, Fanny tricotait beaucoup. À vrai dire, tout le temps qu'elle ne passait pas avec ses enfants, à la maison de retraite ou à s'occuper de l'intendance de son foyer, elle le passait à confectionner des habits, des couvertures ou des poupées en jersey qu'elle bourrait de ouate pour leur donner du volume. À ses collègues de la résidence des Tilleuls qui s'étonnaient de la voir sans arrêt fabriquer des trucs et des machins, Fanny expliquait simplement qu'elle s'était lancée dans le tricot pour s'occuper l'esprit après la mort de son mari. En général, pour éviter la compassion et la pitié qui la mettaient mal à l'aise, elle ajoutait : « Aujourd'hui, ça va mieux. »

À la station suivante, le flux des voyageurs augmenta encore. À l'intérieur du train, la pression monta d'un cran. Les poignées furent très vite prises d'assaut et, bientôt, il ne resta plus aucun emplacement pour se cramponner : les personnes debout n'avaient maintenant d'autres choix que de compter uniquement sur leur sens de l'équilibre, fût-il précaire.

Le train démarra dans une succession de légères secousses. Tout à coup, des petits gloussements éclatèrent sur la gauche et se répercutèrent sur la droite.

Curieuse, Fanny abandonna sa laine angora et chercha la raison de ces rires. Très vite, elle aperçut la source de cette soudaine bonne humeur générale : lassé de ne pouvoir s'accrocher nulle part, un jeune homme se tenait au manche d'une ventouse qu'il avait collée au plafond. Fanny sourit à son tour devant la ruse de l'étudiant qui feignait de ne pas remarquer l'effet que son coup de malice suscitait autour de lui. Elle supposa que, dès le lendemain, certains se rendraient au travail ou au collège avec une ventouse dans leurs affaires. Elle songea que certains avaient le don d'être inventifs et que d'autres avaient, eux, le don de suivre.

Deux vibrations stoppèrent net ses interrogations existentielles. Elle posa ses aiguilles, fourra la main dans son sac et en extirpa son téléphone portable. Un SMS venait d'atterrir sur son écran.

« *Les enfants sont à la douche, je prépare la blanquette, tu auras de quoi remplir quelques Tupperwares pour ton frigo. Bisous. Maman.* »

Heureusement que sa mère était là ! La mort de Sébastien avait été un cataclysme, mais sa mère lui offrait un soutien tel, qu'il lui avait permis de garder la tête hors de l'eau. En s'occupant comme elle le faisait de Tom et Lilou, en préparant de temps en temps de bons repas qui les changeaient de ces plats lyophilisés, en offrant son épaule à sa fille, bref, en étant présente le plus possible, Arlette avait un peu aplani la montagne qui s'était dressée devant elle quand le médecin avait débranché les appareils.

Un second message s'afficha. Il provenait de sa collègue de l'équipe de nuit, Nadia.

« *Je n'ai pas réussi à t'avoir. Carambar s'est installé sur le lit de Noël…* »

Son cœur manqua un battement. Abasourdie, Fanny plaqua sa paume contre ses lèvres.

Le train entra en gare, la voisine se mit debout et enjamba les genoux de la jeune femme. Les aiguilles tombèrent à ses pieds, quelques mailles mauves se détricotèrent.

— Je m'excuse, murmura la voisine en s'éloignant rapidement.

Fanny n'entendit pas. Comme elle n'entendit pas non plus le conducteur annoncer que le terminus du train était modifié.

Le teint blême, pétrie d'angoisse, elle porta le téléphone à son oreille et attendit la tonalité. En vain. Tout en ramassant la pelote de laine et les aiguilles, elle pesta contre ce réseau défaillant qui l'empêchait de parler à Nadia.

Carambar ne se trompait jamais. Jamais.

– 2 –

Fanny s'emmitoufla dans son manteau et sortit de la gare. La nuit avait déjà recouvert les trottoirs.

Elle essaya de nouveau de passer ce satané coup de fil. Cette fois, c'est bon, la tonalité était présente. Au bout de cinq sonneries, la voix enjouée de Nadia l'invita à laisser un message vocal après le bip sonore. Elle raccrocha. Sa collègue, se dit-elle, devait être affairée à la distribution des repas en chambre et au service de ceux parmi les pensionnaires qui acceptaient de descendre au réfectoire.

Les phares des voitures éclairaient la chaussée, la fumée des pots d'échappement s'envolait. Un klaxon nerveux explosa, suivi d'une autre salve. À cette heure, les embouteillages étaient légion, sans compter qu'une voie avait été neutralisée pour des travaux qui peinaient à démarrer. Le cœur gros, le visage et les mains cinglés par le vent froid, Fanny traversa la rue et rejoignit l'abribus sous lequel s'agglutinaient une dizaine d'individus frigorifiés. Peu importait, au fond, que son moral soit dans les chaussettes, elle allait devoir encore affronter la foule compacte et irritable d'un bus coincé dans une circulation trop dense. Si tout allait bien, elle arriverait chez elle d'ici une bonne demi-heure.

Elle s'appuya contre un panneau publicitaire vantant les mérites d'un parfum Chanel qu'elle ne pouvait pas s'offrir, et attendit que le bus pointe le bout de son pare-chocs. Tandis qu'elle remontait l'écharpe sur son menton, le texte du SMS dansa dans sa tête comme un mauvais rêve et lui noua l'estomac. Elle tâcha de se reprendre et de lutter contre la peine que lui inspirait l'annonce de Nadia. Après tout, Carambar n'était qu'un chat et si, chez les humains, personne n'était à l'abri d'une défaillance, il allait de soi que les autres mammifères pouvaient aussi se tromper. Elle fouilla dans sa mémoire à la recherche d'un exemple : un à un, avec une acuité qui l'étonna, défilèrent les noms des derniers pensionnaires qui avaient accueilli le chat roux sur leur lit cette année : Agathe Marlier, Paul Lasvergnas, André Bontemps, Marcel Fraizard, Colette Niau, Yvonne Chavez. Ceux-là étaient invariablement décédés au bout d'une quinzaine de jours. En treize ans, le vieux matou ronchon n'avait commis aucune erreur. Fanny espérait quand même, ça ne coûtait pas cher. Elle ne pouvait pas se résoudre au fait que Jean-Noël, ou Noël comme elle avait coutume de l'appeler, la quitte bientôt.

Le bus arriva au bout de quinze minutes. Elle s'engouffra dans la file et grimpa à l'intérieur. Elle dodelinait de la tête à droite et à gauche en fonction des secousses et des à-coups du chauffeur. Ses yeux, eux, commencèrent à rougir. Elle luttait pour ne pas pleurer, tout en se trouvant ridicule de ne toujours pas s'être endurcie au bout de huit années passées dans cette maison de retraite. Après tout, la mort faisait partie du boulot, il ne pouvait pas en être autrement lorsqu'on avait choisi de travailler auprès de personnes âgées : tôt ou tard, les pensionnaires étaient amenés à disparaître, c'est notre lot commun à tous. D'ailleurs, il n'y avait pas besoin d'être vieux pour tirer sa révérence, elle était bien placée pour le savoir.

Un groupe de jeunes filles écoutait de la musique sur un téléphone portable, sous les regards excédés des autres passagers. Deux d'entre elles se mirent soudain à chanter, accentuant au passage les airs outrés des usagers. Une femme enceinte se pelotonna dans le coin réservé aux fauteuils roulants.

— Vous voulez vous asseoir ? proposa un jeune homme avenant.

La future maman accepta avec plaisir. Fanny éprouva de son côté une bouffée de reconnaissance envers l'humanité : elle appréciait ces petites attentions, ces presque riens qui lui rappelaient que les gens pouvaient être bons et que la vie, même si elle ne l'avait pas épargnée, pouvait être douce.

Sur le chemin, elle s'arrêta prendre une baguette. Enfin, elle arriva devant son immeuble. Elle pénétra dans le hall, jeta un œil distrait à la boîte aux lettres, en sortit deux factures et trois prospectus. Elle constata que l'ascenseur n'avait pas été réparé et se résigna à monter les six étages, non sans remarquer au passage les nouveaux graffitis qui étaient venus s'ajouter aux anciens. Fanny ne s'offusquait plus de la vulgarité de ces inscriptions. Elle les trouvait moches, voilà tout.

Une délicieuse odeur de blanquette titilla ses narines et la guida tandis qu'elle attaquait le dernier étage. Comme elle avait hâte de retrouver son petit monde !

Dès qu'elle ouvrit la porte, elle entendit une voix fluette crier : « Mamaaaaan ! » Aussitôt, deux enfants surgirent et lui sautèrent dans les bras en la couvrant de bisous. Elle déposa son gros sac dans le couloir, ainsi que son pain, en se contorsionnant pour ne lâcher ni Tom ni Lilou, et leur rendit leur étreinte. Elle les serra fort, plus fort encore qu'à l'accoutumée : ce soir, elle avait le cœur gros et l'amour de ses deux bébés était le meilleur réconfort possible.

Arlette apparut au bout du couloir, un torchon à la main. Elle portait le tablier que Fanny avait offert à Sébastien pour la fête des Pères. « *Certifié meilleur papa du monde* » déclarait le tablier trop grand pour la taille fine d'Arlette. Elle déposa une bise sur la joue fraîche de sa fille.

— Alors ? Cette journée ?

— Comme d'hab, rétorqua Fanny, sans conviction. Je suis vannée… Et toi, ça s'est bien passé avec les enfants ?

— Oui, les douches sont faites, Lilou a révisé son contrôle de géométrie et Tom a décidé qu'il voulait adopter une grosse bête…

— Un caribou ?

Les yeux d'Arlette roulèrent en direction du petit garçon qui baissait la tête, penaud.

— Bah oui, évidemment, un caribou… Je lui ai expliqué qu'il était impossible d'accueillir un caribou dans de bonnes conditions dans un trois pièces mais bon, Tom m'a répondu qu'il voulait bien lui donner son lit.

Fanny s'agenouilla devant Tom et lui prit la main.

— Tu sais, commença-t-elle, un caribou a besoin d'espace pour courir, il serait malheureux ici. Et en ce moment, les caribous ont pas mal de travail, je te rappelle qu'ils sont réquisitionnés par le père Noël…

— Ça veut dire quoi « réquisitionné » ? intervint Lilou.

Fanny leva les yeux avec une douceur lasse.

— Ça signifie qu'on leur a demandé à tous de se tenir prêts au cas où.

— Tous ? interrogea le garçonnet, sur un ton où se mêlaient perplexité et déception.

— Je le crains…

Lilou pouffa, Fanny fronça les sourcils. Comprenant le message, la fillette se mordit la lèvre.

— Allez viens, Tom, je vais t'en faire un, moi, de caribou, lui promit gentiment la petite fille en le traînant vers la chambre. Et tu pourras le garder avec toi celui-là.

Tandis que Fanny les regardait s'éloigner dans le couloir, un doux sourire se dessina sur ses lèvres. La complicité de ses enfants était un cadeau.

— Tu verras, je t'ai mis un Tupperware dans le frigo et un autre dans le congélateur. Le reste est dans la cocotte, ça continue de mijoter doucement…

— Merci Maman…

— De rien, ma chérie. Allez, je me sauve, ton père m'a trouvé une occupation pour ce soir. Il paraît qu'Anne et Martin ont une coupure d'électricité. Bien sûr, Papa leur a proposé que je m'occupe des lessives et que je leur fasse à manger en attendant que ça revienne. Du coup, je me suis permis de t'emprunter un saladier pour embarquer un peu de blanquette avec moi. Je te le ramènerai demain. Il est marrant ton père, il aime bien rendre service, surtout quand lui, ça ne l'engage à rien… Mais bon, ce n'est pas à 63 ans qu'on va le changer, pas vrai ?

Dix minutes plus tard, Arlette était partie. Lilou disposait les trois assiettes et les fourchettes sur la table, Tom s'occupait des serviettes et Fanny des couteaux. Elle venait de couper trois morceaux de pain et s'apprêtait à servir le plat quand des chants d'oiseaux émanèrent de son téléphone posé près de la télévision, dans le salon. C'était Nadia. Elle se précipita pour répondre.

— Alors ?

— *Alors, il est toujours roulé en boule à côté de lui. Il refuse de descendre du lit.*

— Tu as essayé les croquettes ?

— *Ça fait deux heures que je fais l'andouille en agitant le paquet devant la chambre. Il n'en a strictement rien à faire. Il ronfle et il ronronne.*

— Et Jean-Noël ?

— *Il est fatigué, et un peu pâle. Mais il va bien…*

— Et pour Carambar, qu'est-ce qu'il dit ?

— *Que ça fait longtemps qu'un minou ne s'est pas approché de lui d'aussi près…*

Fanny ne put s'empêcher de glousser. Ce genre de blagues douteuses ressemblait tellement au vieillard débonnaire qu'elle connaissait depuis maintenant quatre ans.

— *Tu sais comment il est…* crut bon d'ajouter Nadia pour réfréner l'envie de pouffer qui commençait à la chatouiller elle aussi, à l'autre bout de la ligne.

Fanny se calma.

— Et sa toux ? s'enquit-elle à voix basse, en se rembrunissant soudain.

— *Je ne sais pas, stable je dirais… Mais elle n'est pas belle, ça non… Même Carambar, ça le fait sursauter quand il lui prend des quintes…*

Fanny ne répondit pas. Dans la cuisine, ses enfants commençaient à se chamailler. Une histoire de croûtons apparemment. Leurs voix étaient comme assourdies par l'angoisse qui étreignait la poitrine de la jeune femme.

— *Ma chérie*, reprit Nadia pour que le silence ne s'installe pas, *il a 84 ans, qu'est-ce que tu veux…*

— Je sais, trancha Fanny, les larmes aux yeux. Je dois te laisser, les enfants…

Le reste se perdit dans un sanglot. Elle allait raccrocher.

— *Attends* ! l'enjoignit sa collègue au dernier moment. *Il voudrait que tu passes le voir demain. Il a quelque chose à te dire. Je me suis arrangée, tu pourras commencer par lui…*

Nadia était si prévenante.

— Tu es un amour …

— *Ouais, je sais, t'oublieras pas de passer un coup de fil à mon ex pour le lui dire*, répliqua-t-elle pour détendre l'atmosphère.

— T'es bête…

— *C'est exactement ce qu'il m'a lancé avant-hier. Vous vous êtes passé le mot ou quoi ?*

— C'est un idiot qui ne s'est pas rendu compte de sa chance…

— *Tu veux qu'on se marie toi et moi ? On pourrait avoir une grande maison à côté du parc, et un labrador. À la limite, on lui mettra des cornes. Ça fera plaisir à ton fils. Toujours à fond sur le caribou ?*

— Plus que jamais, soupira Fanny.

— *On n'aura qu'à en prendre un couleur chocolat et on lui apprendra à bramer plutôt qu'à aboyer, qu'est-ce que tu en dis ? On se marie ?*

— On en reparle dans cinquante ans ?

— *Dommage, je suis une affaire en or, tu sais pas ce que tu rates. Vu la queue devant ma porte, je risque de ne pas être libre très longtemps. M'enfin, tant pis pour toi…*

Fanny raccrocha, pleine de gratitude envers Nadia qui, par son humour et sa gaieté, s'évertuait toujours à adoucir sa peine.

Toute la nuit, Fanny vit défiler les heures sur son téléphone. Le sommeil refusait désespérément de lui accorder la moindre trêve. Quand le réveil sonna, elle se leva dans un mélange d'inquiétude, de lassitude et de hâte. Il lui tardait de voir Jean-Noël. Elle oublia même de tricoter dans le train : son esprit était bien trop harponné par le vieil homme pour qu'elle puisse se concentrer sur autre chose.

À peine arriva-t-elle à la maison de retraite qu'elle traversa le long couloir orné de guirlandes et de boules pendues au plafond. La décoration festive contrastait avec son humeur maussade.

Parvenue devant la porte, elle hésita quelques secondes avant de toquer, craignant de découvrir ce qu'il y avait à l'intérieur de la chambre. Puis elle prit une longue inspiration et frappa discrètement. Une voix brusquement traversée par un accès de toux lui répondit. Elle abaissa la poignée. La porte s'ouvrit.

Dans la pénombre striée par la lumière du jour naissant, c'est le gros chat roux qu'elle aperçut d'abord. Carambar, couché sur le côté, s'étirait paresseusement.

– 3 –

Fanny marqua une courte pause sur le seuil, le temps de faire la mise au point sur la forme qui enflait sous la couverture. Lorsque sa vision eut suffisamment apprivoisé l'obscurité, elle fut en mesure de distinguer le corps rabougri et la tête qui en dépassait.

— Ah, Fanny, c'est toi, je t'attendais.

La jeune femme s'approcha et tendit le bras vers la tempe brûlante du vieil homme. Carambar se dressa, baragouina un miaulement et vint frotter ses oreilles contre le poignet tremblant de l'aide-soignante.

— Comment ça va ce matin ? l'interrogea-t-elle d'une voix brisée par l'émotion.

— Il paraît que j'ai bonne mine, un vrai jeune homme m'a dit Nadia hier.

Il toussa. Elle lui tendit un mouchoir et sourit tristement.

— Fais attention à elle, plaisanta-t-elle même si l'envie lui manquait, elle peut être redoutable parfois…

Il se souleva sur ses coudes et lui lança à voix basse :

— Tu veux dire qu'elle aime les beaux garçons comme moi ?

Il lui décocha un clin d'œil qu'elle perçut malgré la relative obscurité qui régnait. Elle se baissa et, pour toute réponse, l'embrassa sur la joue.

— Tsst tsst tsst, n'insiste pas, la maturité d'un vieux pruneau comme moi, ça se mérite…

Nouvelle quinte. Il reprit, quand celle-ci se fut calmée :

— C'est que je ne suis pas un garçon facile, moi…

Carambar sauta en bas du lit et alla grignoter quelques croquettes que Nadia lui avait laissées là la veille. La chambre résonnait à présent des craquements des granulés au saumon sous les incisives du matou. Comme hypnotisée par le bruit régulier, Fanny attendit la fin du repas du chat pour proposer d'ouvrir les rideaux, cherchant davantage à s'occuper les mains qu'à laisser entrer la lumière et à se confronter à la vision de son ami diminué.

Elle remonta les volets roulants avec lenteur. Derrière elle, la toux de Jean-Noël avait repris. Son ventre se serra. Elle ne pouvait pas se résoudre à assister, impuissante, à l'agonie de son complice. Pour chasser la tristesse qui commençait à prendre la forme de petites gouttes au coin de ses paupières, elle convoqua les plus beaux souvenirs qu'elle avait de lui. Elle se remémora l'arrivée de ce petit homme pimpant toujours prêt à plaisanter, et son étonnement face à cette énergie débordante. En règle générale, les pensionnaires étaient placés là par leur famille parce qu'ils n'étaient plus capables d'être autonomes, ce qui n'était manifestement pas son cas. Puis elle avait croisé son petit-fils et sa femme, un couple habillé en Dior des pieds à la tête, un Porsche Cayenne garé sur le parking des Tilleuls, une attitude hautaine avec le personnel, bref, elle avait vite compris que le vieux Jean-Noël était devenu un poids que personne n'avait eu envie de porter ; on pouvait payer, alors on payait et on passait lui rendre visite pour se donner bonne conscience deux fois par an maximum.

Dans la tête de Fanny défilèrent leurs innombrables fous rires quand Jean-Noël se mettait à raconter les petits travers des autres résidents. Mais l'homme n'était pas seulement un boute-en-train. Avec émotion, la jeune femme revoyait leurs discussions qui n'en finissaient pas, et entendait encore ces mots qu'il avait trouvés à la mort de Sébastien. À lui, elle se confiait sans retenue, si bien qu'il savait tout d'elle. Entre eux, c'était une amitié sincère.

Le ronronnement de Carambar la tira de sa rêverie. Elle se retourna. Le chat était revenu à sa place initiale. De nouveau, il était lové contre Jean-Noël qui le caressait avec tendresse. Le vieil homme invita la jeune femme à s'asseoir sur le lit. À contrecœur, Carambar se poussa.

De sa main parcheminée, Jean-Noël recouvrit les doigts aux ongles rongés de l'aide-soignante et planta ses yeux dans les siens. Il prit une inspiration. Ce qu'il s'apprêtait à faire lui coûtait.

— J'ai quelque chose à te demander… Un service…

Les épaules de Fanny se dressèrent. Elle n'aimait pas la tournure que prenaient les événements. Le début de la phrase sentait les dernières volontés à des kilomètres. Non, non, non et non, il ne pouvait pas mourir. Tout son être se rebiffait à cette idée. Discernant le malaise de la jeune femme, Jean-Noël esquissa un léger sourire. L'affection qu'elle lui témoignait depuis toutes ces années le touchait beaucoup plus qu'il n'avait jamais su lui exprimer.

— Noël, je…

— Ouvre le tiroir et prends la boîte qui se trouve à l'intérieur s'il te plaît, la coupa-t-il.

Lui aussi sentait les larmes affluer au fond de ses yeux d'eau. Elle s'exécuta et saisit une boîte à biscuits en fer. Elle la regarda sans bouger.

— Ouvre-la, lui commanda-t-il gentiment, attendri devant son émotion.

Elle agrippa le rebord de la boîte et souleva le couvercle qui céda dans un cliquetis métallique. Du regard, elle effleura le contenu où trônait un livre à la couverture en cuir d'où dépassaient les coins pliés d'une enveloppe.

— *Belle du seigneur*.

Elle leva les yeux vers le vieil homme sans comprendre. Il précisa :

— Le roman, c'est *Belle du seigneur* d'Albert Cohen. Tu l'as déjà lu ?

Elle secoua la tête.

— C'est dommage, il n'y a pas plus belle histoire d'amour que celle-ci…

Cela faisait bien longtemps qu'elle n'avait pas lu. Au moins depuis le départ de Sébastien. Elle n'avait ni le temps ni surtout l'énergie pour se perdre dans d'autres histoires que la sienne.

— Tu veux bien prendre le livre et l'ouvrir à la page où il y a un marque-page ?

Fanny était vaguement rassérénée. Ce n'était pas son testament que Jean-Noël lui indiquait, il voulait seulement qu'elle lui fasse la lecture. Son souffle s'apaisa, son ventre reprit une forme normale. Mais son soulagement, hélas, fut de courte durée. Quand elle ouvrit le roman à la page indiquée, elle découvrit une magnifique fleur séchée dans un sachet cristal.

— C'est un edelweiss, expliqua Noël. C'est une fleur de chez moi. C'est plutôt rare. Nous l'avons trouvée par hasard en 1951, j'avais 25 ans…

Un voile de mélancolie recouvrit ses iris tandis qu'il ajoutait :

— Ça fait un bail, pas vrai ?

Fanny acquiesça et s'attarda sur son visage fatigué. Elle tenta de distinguer derrière les rides les traits oubliés du jeune homme qu'il avait été.

— Oh, pas tant que ça, rétorqua-t-elle pour se donner une contenance.

Il toussa.

— Tu veux bien ouvrir l'enveloppe pour moi ? demanda-t-il dès que sa toux lui en laissa l'opportunité.

Elle prit entre ses mains l'enveloppe Kraft qui semblait avoir traversé les siècles et la décacheta délicatement. Elle en extirpa une photographie en noir et blanc. Sur le cliché, une femme d'une vingtaine d'années prenait la pose. Elle était blonde, les cheveux courts, le sourire espiègle, et portait une robe unie qui descendait jusqu'à ses mollets. Des petites montagnes se dessinaient en arrière-plan. Fanny retourna le cliché. « *Juillet 1951* » avait été inscrit au verso au crayon à papier. L'aide-soignante revint sur la jeune femme de la photo, et s'y attarda.

— Elle s'appelle Hélène. Elle est belle, n'est-ce pas ?

Fanny opina du chef. Si, de son côté, elle n'était pas avare de confidences, c'était en revanche la première fois que Jean-Noël lui parlait réellement de son passé.

— Elle et toi… vous étiez… ?

— Amoureux comme pas possible ! répliqua aussitôt le vieil homme avant d'être à nouveau assailli par une quinte.

C'est vrai qu'elle était belle cette Hélène.

— Ne fais pas cette tête-là, elle n'est pas encore morte si c'est ce que tu penses.

— Je ne pense rien du tout, se défendit-elle en riant et en songeant que, décidément, Jean-Noël la connaissait sur le bout des doigts. Mais pourquoi ça s'est terminé entre vous ?

— Parce qu'on est parfois bête quand on est jeune…

À ces mots, son visage s'assombrit. Il poursuivit cependant :

— Justement, je voudrais que tu lui remettes l'edelweiss. En souvenir de nos belles années et de notre amour. Pour qu'elle sache que je ne l'ai jamais oubliée…

Fanny fronça les sourcils et réfléchit à voix haute :

— Je peux passer à la Poste pendant ma pause, mais il faudrait l'emballer dans du papier bulle pour ne pas qu'elle s'abîme…

Le vieil homme secoua la tête de droite à gauche et effleura les oreilles de Carambar.

— Fanny, c'est tellement important pour moi… Je voudrais que tu lui donnes en main propre, je ne peux pas risquer qu'il soit perdu ou détruit, tu comprends ? Je ne veux pas quitter ce monde sans qu'elle sache à quel point elle a compté dans ma vie.

Comme pour étayer ses paroles, il se remit à tousser.

— Eh bien, dans ce cas, j'imagine que je peux y aller ce soir ou demain, je vais appeler ma mère pour la prévenir que je rentrerai un peu plus tard… Tu as son adresse ?

— Dans le Jura, elle tient un petit hôtel…

— Dans le Jura ? s'alarma la jeune femme. Mais c'est très loin…

— Je t'en prie Fanny. Fais ça pour un vieux monsieur qui n'en a plus pour très longtemps et qui garde un souvenir impérissable de celle qu'il n'aurait jamais dû quitter.

Au début, elle refusa. Dans son crâne bourdonnaient tout un tas de raisons qui l'empêchaient de mener à bien cette drôle de mission. D'abord, elle n'avait pas de congés, ou très peu. Et puis, il y avait ses enfants, l'école. Partir dans le Jura l'obligeait à quitter son domicile plusieurs jours d'affilée, Arlette ne pouvait pas prendre en charge les petits trois ou quatre jours... À chaque argument contre, Noël opposait un argument pour : « Les vacances de Noël sont bientôt, non ? », « Je suis sûr que Nadia acceptera de te remplacer. » On aurait dit qu'il avait, en amont, paré à toutes les éventualités. Elle n'était pas de taille à lutter contre la force de persuasion de son ami, et ce d'autant plus que la présence de Carambar lui rappelait qu'il y avait une échéance.

Finalement, le seul argument qu'elle ne lui énonça pas était peut-être celui qui comptait le plus : sa mère avait besoin d'elle, pour le rendez-vous auquel on n'allait pas tarder à la convoquer...

« Tu n'auras qu'à prendre ma voiture », s'empressa de proposer Arlette, le soir même, quand Fanny lui expliqua la mission que lui avait assignée Jean-Noël.

« Au fait, ajouta-t-elle, ça fait combien de temps que tu n'as pas pris de vacances ? »

Trois ans, ça faisait trois ans qu'elle n'était pas partie et que ses enfants n'avaient pas quitté leur banlieue triste. Elle faillit répondre que ce n'était pas vraiment des vacances, qu'on ferait l'aller-retour, que ça allait être rudement court, qu'on aurait à peine le temps de dire ouf qu'il faudrait déjà rentrer. Bref, une partie d'elle hésitait encore.

« Si ça se trouve, on verra des caribous », était intervenu Tom en sautillant sur place.

Le garçonnet était sacrément heureux. À côté de lui, Lilou écrivait déjà la liste des vêtements à emporter. Fanny n'eut pas la force de doucher leur enthousiasme.

Elle balaya ses dernières peurs d'un haussement d'épaules, heureuse soudain de les voir si contents.

Il fut donc convenu qu'elle demanderait à Nadia de la remplacer et qu'elle partirait quatre jours pendant les vacances de Noël avec ses enfants, dans la petite Clio rouge de sa mère.

Une semaine plus tard, elle alla saluer Noël et Carambar qui refusait obstinément de changer de crémerie.

— Ça y est ? interrogea le vieil homme quand il vit entrer Fanny. C'est le grand départ ?

Elle opina du chef.

— Vous me promettez de m'attendre ? Je vais faire vite, je vous le promets.

— Bien sûr que je vais t'attendre, répliqua-t-il avec un regard embué en lui tendant la petite fleur aplatie dans son sachet. Tu imagines un Noël sans le père Noël, toi ?

Elle l'embrassa sur la joue et lui sourit. Quand, quelques minutes plus tard, elle traversa le hall de la résidence, elle eut un pincement en croisant le sapin rachitique qui ployait sous les décorations multicolores qu'on remettait d'une année sur l'autre.

– 4 –

Le lundi, à l'aube, la petite Clio rouge s'était élancée. À son bord, Tom et Lilou s'égosillaient en mode yaourt sur les musiques qui passaient à la radio. Fanny, elle, s'efforçait de rester concentrée sur l'autoroute qui n'en finissait pas. À l'intérieur d'elle-même s'affrontaient les sentiments les plus contradictoires : bien sûr, il lui tardait de rencontrer cette Hélène dont Jean-Noël avait semblé si épris, mais elle était morte d'angoisse à l'idée que le vieil homme puisse mourir avant son retour. Et puis, de manière plus prosaïque, ce trajet l'inquiétait : elle qui n'avait jamais conduit en montagne s'imaginait déjà glissant sur une plaque de verglas, pilant au bord d'un ravin et sortant de la voiture en équilibre sous les hurlements de ses enfants. Fanny était très forte pour inventer des scénarios catastrophe. D'ailleurs, Nadia lui prédisait une grande carrière à Hollywood : « Avec toi, l'avait-elle charriée une fois, Luc Besson tiendrait la perle rare, tu devrais lui passer un coup de fil et lui expliquer que tu sais comment zigouiller tous les personnages de son prochain film. »

En attendant, Fanny allait devoir affronter les interminables lacets et les pentes raides, en priant pour que les freins de la minuscule Renault soient en bon état. Heureusement, la veille, la présentatrice avait annoncé une météo clémente et l'absence de chutes de neige qui ne devaient arriver que deux jours plus tard. Peu avare de précautions, Fanny avait tout de même emprunté un jeu de chaînes au gardien de la résidence. Parce que bon, ça ne mangeait pas de pain…

Après deux pauses café-pains au chocolat-jus d'orange et un arrêt pipi, la Clio sortit de l'autoroute et entama sa montée. Au-dessus de la petite famille, le ciel se montrait menaçant, au grand dam de la jeune femme qui commençait à redouter une chute de neige imprévue. Lorsqu'ils parvinrent à Lons-le-Saunier, d'énormes flocons virevoltaient devant le pare-brise et s'accrochaient à la route.

À la faveur des températures hivernales bien en dessous de zéro, une couche de neige recouvrit l'asphalte et, très vite, le paysage s'habilla d'un épais manteau blanc. Tout en maudissant la miss météo qui, la veille, minaudait dans sa télévision, Fanny se cramponnait à son volant. Derrière elle, Tom s'extasiait devant les vallons enneigés. Lilou, de son côté, avait enfoncé des écouteurs dans ses oreilles. Elle chantonnait, les yeux rivés à la vitre, l'esprit vagabondant en pleine rêverie.

De temps en temps, on traversait un hameau ou on croisait un autre véhicule, en sens inverse, obligeant Fanny à se déporter sur la droite et à longer le flanc de la montagne. Les habitations se faisaient à présent plus rares. Ses bras tremblaient, la visibilité était maintenant moins bonne. À mesure que la voiture gagnait de l'altitude, le rideau de flocons se densifiait. Sous les roues, la neige devenait plus dure et les pneus de la voiture adhéraient moins. La jeune femme dut se résoudre à mettre les chaînes.

C'était la première fois de sa vie qu'elle se livrait à ce genre d'exercice. Bien sûr, elle s'était assurée d'une formation de base en regardant quelques tutoriels sur *YouTube*, mais, peu aguerrie, elle n'en menait pas large.

Elle gara la Clio sur le bas-côté. Elle sortit du coffre trois doudounes flambant neuves, exigea de ses enfants restés dans la voiture qu'ils les enfilent pour se prémunir contre les courants d'air. Puis elle saisit la mallette contenant les chaînes ainsi qu'une paire de moufles. Tom ouvrit la portière.

— Maman, on peut sortir ?

— Non, restez dans la voiture, je n'en ai pas pour longtemps.

Il referma la porte, désappointé. L'enfant n'avait qu'une envie : lancer des boules de neige à sa sœur et commencer, enfin, à s'amuser.

Fanny s'agenouilla dans la neige et sentit le froid humide s'immiscer à travers son pantalon. Elle grelotta en regardant l'amas métallique qui pendait de ses mains engoncées dans ses moufles. Comment allait-elle bien pouvoir s'en sortir ?

Elle jeta un œil alentour, à la recherche d'une maison à laquelle elle pourrait toquer pour demander de l'aide. Rien, personne, il n'y avait pas âme qui vive dans ce patelin. Et, bien sûr, aucun véhicule cette fois ne descendait en sens inverse. Quelle poisse ! Elle soupira, lut le mode d'emploi, tenta de placer une des chaînes, réalisa que ses gants entravaient ses mouvements, et se décida, à contrecœur, à les retirer.

Ses doigts gelés, experts dans le maniement des aiguilles à tricot, n'étaient plus capables de rien : ils ripaient sur la paroi en caoutchouc et refusaient obstinément de faire leur travail. Dans la voiture, Lilou s'impatientait. À son tour, elle ouvrit la portière et héla sa maman :

— Tu veux que je vienne t'aider ?

— Non, non, c'est presque terminé… souffla Fanny dans un nuage de fumée.

Elle n'aimait pas mentir à ses enfants mais il était hors de question de leur dire qu'elle n'avait pas de solution et qu'elle ne savait pas comment se sortir de cette situation. Mais à 10 ans, la fillette était suffisamment perspicace pour comprendre que sa maman était à bout de nerfs. Elle zippa sa doudoune et la rejoignit dans l'espoir, non pas de l'aider à monter ces satanées chaînes, mais d'apporter un peu de réconfort à la jeune femme qui se démenait.

Une vingtaine de minutes passa, la Clio rouge en était toujours au même point. Debout près de la voiture, Fanny était frigorifiée et désemparée. *Les chaînes*, pensa-t-elle, *étaient une invention grotesque fabriquée pour empoisonner la vie des gens.* Pour éviter d'exploser, elle envoya un coup de pied dans la roue droite et réprima un cri de douleur. Elle s'en voulut immédiatement de ce mouvement d'humeur. Si Sébastien avait été là, il serait parvenu à les monter, ces chaînes de malheur. Elle s'efforça de chasser cette sombre pensée.

Tout à coup, la rumeur d'un moteur ronronna jusqu'à ses oreilles et deux gros yeux jaunes émergèrent à quelques mètres. Pleine d'espoir, Fanny leva les bras afin d'attirer l'attention du conducteur. Une berline rutilante apparut alors dans un bruit de klaxon tonitruant, dépassa la Clio et s'immobilisa juste devant elle. Dans le coffre de la grosse voiture, Fanny crut apercevoir un enchevêtrement de tuyaux sombres. La jeune femme déglutit et fit retomber ses bras.

La portière s'ouvrit. Fanny retint son souffle. Seule avec ses enfants sur cette route quasi déserte, Dieu seul sait sur quel genre de détraqué elle pouvait tomber. Elle commença à décocher une œillade à droite puis à gauche, à la recherche d'un sentier par lequel s'échapper en cas de nécessité, quand elle vit un mocassin verni noir se poser dans la neige. Un second mocassin atterrit près du premier. Le reste suivit : un homme grand en complet sombre sous une doudoune beige, les cheveux gominés en arrière, s'extirpa de sa voiture. Le regard confiant, le sourire enjôleur, il entreprit de s'avancer.

— Besoin d'ai…

Son pied droit dérapa, l'homme vacilla et sa phrase se termina dans un juron. Il harponna le toit de sa berline et retrouva un semblant d'équilibre en même temps qu'il se mit à frotter sa veste pour se donner un nouveau maintien. Lilou pouffa et observa sa mère qui se mordait les lèvres pour ne pas rire. Si l'homme aux mocassins était un *serial killer*, il n'allait pas être très compliqué de lui échapper.

— Besoin d'aide ? reprit l'homme lorsqu'il fut remis de son début de déconfiture.

— Je… oui… merci…

Il lui tendit la main.

— Franck, enchanté.

— Fanny… répondit-elle en lui offrant ses doigts rougis par le froid.

— Alors, quel est le problème ?

Pour toute réponse, elle lui désigna d'un air las le tas de chaînes qui gisait à côté du pneu. Il plissa les yeux.

— Je vois… Bien, on ne va pas abandonner une aussi jolie jeune femme à la fureur des éléments, fit-il en s'attaquant au problème. Vous n'êtes pas d'ici, vous, n'est-ce pas ?

L'homme avait manifestement envie de papoter. Fanny, congelée, un peu moins. Elle lui était très reconnaissante de leur venir en aide mais elle aurait bien accéléré le temps pour pouvoir retrouver la chaleur du chauffage de son habitacle. Elle renfila ses moufles.

— Non, on habite en région parisienne.

— Ah oui ? Et vous êtes venus passer les vacances au ski ?

Elle jeta un œil à sa fille dont les lèvres bleuissaient, insista pour qu'elle remonte en voiture puis répondit :

— Pas vraiment, nous ne sommes là que pour quelques jours et…

— Ça vous en fait du trajet pour ne rester que quelques jours. Mais vous verrez, c'est une jolie région. Peut-être que vous aurez envie d'y rester plus longtemps, qui sait ?

Là-dessus, il lui lança un clin d'œil.

— Je ne crois pas, non… murmura-t-elle, pressée d'en finir.

Il se leva, souleva son pantalon pour décoller le tissu mouillé de ses jambes, contourna la Clio et se pencha sur le second pneu.

— Et vous allez encore loin, comme ça ?

— Il nous reste encore une vingtaine de kilomètres…

— Oh oh, ne me dites pas que vous montez à la Marmottière ?

Fanny opina du chef.

— Si, vous connaissez ?

— Bien sûr que je connais, j'y monte aussi ! Et j'imagine que vous séjournerez à l'hôtel des Cinq Marmottes, puisqu'il n'y a qu'un seul hôtel dans ce bled !

— Euh oui…

— Sacrée coïncidence, pas vrai ? envoya-t-il en se relevant. Et voilà, c'est tout bon, vous êtes prête pour la grimpette ! Je vais vous suivre, comme ça, en cas de problème, je vous filerai un coup de main.

— Merci, c'est très gentil, mais...

Il fouilla dans sa poche intérieure et lui tendit un bristol.

— Tenez, prenez ma carte. En cas de souci, appelez-moi, je serai juste derrière...

Gênée par ses moufles, Fanny eut toutes les peines du monde à saisir la carte de visite. Elle le remercia chaleureusement et remonta dans sa voiture. Avant qu'elle ait pu démarrer, l'homme frappa à la vitre.

— Dites, votre mari, il n'est pas prudent de laisser sa petite famille toute seule. Les chaînes, ce n'est pas une affaire de femme, pas vrai ?

Elle répondit sans réfléchir :

— Y a pas de mari.

Avant de s'en mordre les doigts...

— Dans ce cas, tout s'explique ! Si vous voulez mon avis, ça ne va pas tarder à s'arranger cette histoire, une belle femme comme vous, ce n'est pas fait pour rester célibataire... Allez, je vous laisse tranquille, on se rejoint là-haut. Et n'oubliez pas, en cas de souci, hop, un petit coup de fil au numéro de la carte et je vous sauve.

Elle sourit poliment, ne sachant pas trop si elle le trouvait plutôt gentil ou lourd au possible. Elle le regarda s'éloigner tandis qu'il écartait les bras pour ne pas perdre l'équilibre. Au moment de rentrer dans sa berline, il la salua. Elle lui rendit son salut par un signe du menton discret.

— Dis Maman, c'était qui le monsieur ? interrogea Tom.

— Un monsieur... répondit-elle évasivement avant de lire l'inscription sur la carte.

Bruve aspirateurs
Franck Deguerre
Représentant commercial
Tel : 06-56-43 -.. - ..

Les phares de la Clio s'allumèrent et la petite voiture rouge passa devant la berline qui démarra à sa suite.

– 5 –

Les vingt derniers kilomètres furent les plus difficiles. Fanny, qui n'avait jamais conduit dans de telles conditions, avait choisi la prudence en avançant très lentement. De temps en temps, elle jetait une œillade dans le rétroviseur. Toujours derrière, Franck levait la main dès qu'il croisait son regard et souriait largement. Comment faisait-il pour distinguer son coup d'œil qu'elle s'échinait pourtant à rendre le plus discret possible ? Cela restait un mystère pour Fanny, que la présence du quarantenaire amusait et inquiétait tout à la fois. Tom, lui, agitait sa paume en prononçant des « coucou » à haute voix.

— Tu veux bien t'arrêter, le rabrouait Fanny qui préférait ne pas se montrer trop amicale à l'égard de cet inconnu aux intentions obscures.

Aussitôt, Tom cessait de faire coucou. Jusqu'à la fois suivante.

Cela avait mis du temps, mais ils étaient enfin arrivés à bon port. La petite Clio rouge s'immobilisa sur le parking d'un grand chalet en bois aux fenêtres desquelles pendaient quelques stalactites. De la fumée s'échappait d'une immense cheminée. Aucune autre maison n'était visible : le voisinage paraissait inexistant. Une unique remontée mécanique, à l'arrêt, permettait d'accéder à une pente plutôt douce. Tout en haut, l'orée d'une forêt imposait ses pins gigantesques vêtus de blanc. Un ciel gris et chargé complétait le tableau.

Les enfants sautèrent en bas de la voiture en poussant de joyeuses exclamations. Leurs pieds s'enfoncèrent dans la neige. Tom se baissa, ramassa une boule de neige et visa la tête de sa sœur qui poussa un hurlement strident. Celle-ci s'empressa de lui rendre la monnaie de sa pièce, tandis que Fanny sortait les valises du coffre. Avisant leur maman, les deux enfants vinrent l'aider, chacun selon ses possibilités : Lilou saisit une valise à roulettes et Tom un petit sac qu'il eut le plus grand mal à harnacher sur son dos. Fanny éprouva une vague sensation de chaleur : si elle était prête à tout pour ses enfants, ses derniers étaient toujours là pour elle. Dans l'océan parfois mauvais de l'existence, ils étaient les trois mâts d'un même voilier.

— Ce n'était pas si terrible, pas vrai ?

La voix de Franck la ramena à la réalité. Il continua :

— Besoin d'aide pour les affaires ?

— Non non, merci, nous n'avons pas grand-chose, ce n'est pas très lourd…

— Allez, donnez-moi ça, lui dit-il en lui prenant d'autorité la valise qu'elle ne tenait manifestement pas assez fermement.

Avec ses airs de sauveur paternaliste, ce représentant en aspirateur commençait franchement à l'horripiler. Elle était quand même capable de porter sa valise, non mais ! Mais, prise de court, elle ne protesta pas. Tous trois se mirent en marche derrière l'homme qui tenait, d'un côté une valise rose, et de l'autre, un improbable aspirateur, un sac en toile et une mallette en cuir noir.

Chargé comme une mule, Franck avançait cahin-caha. La neige crissait sous ses chaussures. En dépit du froid, des gouttes de sueur perlaient derrière ses oreilles.

— Vous ne voulez pas que je reprenne ma valise pour monter l'escalier ? demanda Fanny, tout de même mal à l'aise.

— Non, c'est bon, haleta-t-il en bombant immédiatement le torse pour donner l'impression qu'il contrôlait la situation et que sa force dépassait celle de la majorité de ses congénères.

Ils montèrent les quelques marches en béton et parvinrent sur le perron de l'hôtel. Tom leva les yeux : « Regardez… » Sur le fronton de la grande porte vitrée étaient dessinées cinq marmottes folâtrant entre deux montagnes. Pas de doute, on était au bon endroit. Franck posa la valise et tendit la main vers la poignée de la porte. Au même moment, cette dernière s'ouvrit en grand, au son aérien d'un carillon suspendu au-dessus de l'entrée, heurtant au passage le museau de Franck qui en fit tomber son aspirateur.

« Merde ! » cria-t-il en se frottant le nez.

Un petit yorkshire, le cou coincé dans une collerette, s'élança à l'extérieur.

— Monsieur Chang, appela une voix à l'intérieur. Monsieur Chaaaaang !

— Maman, t'as vu ? Il est dans une lampe le chien, s'étonna Tom.

— Ce n'est pas une lampe, soupira Lilou du ton de la-grande-sœur-qui-sait-des-trucs-pas-possibles, c'est pour pas qu'il se gratte… Ma copine Loane avait ça pour son chat quand ils lui ont coupé les machins !

— Oh, Lilou…

— Désolée M'man…

Une femme d'une soixantaine d'années sortit à son tour, emmitouflée dans un long manteau prune recouvert d'un châle turquoise. Elle portait un bandeau en laine sur ses longs cheveux relevés.

— Oh la la, je suis confuse, je ne vous ai pas fait mal ?

Franck se redressa, le nez toujours dans les mains. Il secoua la tête.

— Non, ça va.

— Je suis rassurée, fit-elle avant de se baisser vers Tom et de lui demander dans un sourire : dis-moi, tu n'aurais pas vu passer un petit chien par hasard ?

— Celui avec la lampe ?

— C'est pas une lampe… ronchonna Lilou en soupirant.

Son frère haussa les épaules et pointa son index en direction du parking où on pouvait encore distinguer deux pattes arrière battant dans le vide. Le yorkshire était sans doute coincé dans la neige, prisonnier de sa collerette.

— Il est parti par là.

— Merci mon trésor !

La femme descendit les marches d'un pas pressé en marmonnant des « oh la la ». Tom tira la langue à sa sœur.

Ils pénétrèrent dans le chalet. À l'intérieur, l'odeur du bois se mêlait à celle du fromage chaud. Le déjeuner venait de se terminer. À gauche, une petite réception, coincée sous un escalier, était éclairée par une lampe de chevet. Une nappe rouge recouvrait le comptoir en lambris. Derrière celui-ci, quelques clés étaient pendues à de petits crochets dorés que surplombaient des nombres gravés au pyrograveur. Quelques vieilles photographies prises de la station à une époque lointaine étaient punaisées sur un panneau en liège.

— Je vous laisse faire le *check-in*, je vais attendre dans le salon.

Franck déposa la valise et partit s'installer dans la grande pièce, à gauche. Dans celle-ci, des fauteuils et un canapé étaient disposés en arc de cercle autour d'une grande cheminée où crépitait un feu. Un homme d'âge mûr lisait sur un des fauteuils.

Fanny et ses enfants patientèrent quelques minutes devant la réception vide, démunis. L'envie d'appuyer sur le bouton d'appel commençait à titiller la jeune femme. Mais une sorte de respect pour le calme qui semblait régner ici et, surtout, pour cette Hélène qu'elle appréhendait de rencontrer, l'en empêchait. Lilou, à bout de patience, ne s'embarrassa pas de tant de scrupules. Après tout, on était là pour passer des vacances et on avait déjà perdu assez de temps comme ça. Elle posa son doigt sur le bouton chromé, ce qui eut pour effet de produire un son clair, équivalent à celui d'un grelot. Une petite porte s'ouvrit sur une femme très âgée à la mine joviale et aux formes généreuses, les cheveux enserrés dans un chignon strict.

Elle examina les trois nouveaux arrivants et se coula derrière le guichet. Sans se départir de son sourire, elle ouvrit un énorme registre. Fanny entama la conversation :

— Bonjour madame, j'ai réservé pour deux nuits…

— Mmh mmh…

— … au nom de Marchand…

— Mmh mmh…

— C'était… par téléphone… Je vous ai appelée la semaine dernière…

— Mmh mmh…

Intriguée par le sourire arboré par cette femme et, surtout, par ses réponses pour le moins laconiques, Fanny s'inquiéta :

— Vous l'avez bien eue ? Ma réservation ?

— Oh oui, rétorqua la femme, évidemment, c'est marqué, juste ici… Vous avez la chambre 3.

Rassurée, elle respira. L'autre se retourna et saisit la clé correspondante à la chambre. Sans la lui tendre.

— Vous préférez que je paye d'avance ?

— Oh non, pensez-vous, nous verrons ça plus tard. Je vais demander à Lucien de vous accompagner.

La vieille femme retourna vers la petite porte, marmonna quelque chose et un très vieil homme, grand et plutôt trapu, fit son apparition. Sa figure renfrognée contrastait avec l'attitude tout en rondeur de la réceptionniste. Sans un mot et avec une déconcertante facilité compte tenu de son âge qui semblait être canonique, il attrapa les deux valises et le sac à dos.

Alors que ses enfants suivaient l'homme taciturne, Fanny restait plantée devant la petite femme qui s'affairait maintenant à épousseter les crochets en sifflotant. Elle n'en était pas certaine mais quelque chose chez cette femme lui rappelait celle de la photographie. Se pouvait-il qu'Hélène, le premier amour de Jean-Noël, se trouve devant elle ?

Lilou la rappela sur Terre.

— Tu viens Maman ?

— Oui, j'arrive, monte avec ton frère, je vous rejoins.

Restée seule avec la vieille femme, elle chercha ses mots.

— Excusez-moi, pardon, c'est peut-être malpoli de ma part, mais vous ne seriez pas Hélène par hasard ?

La vieille femme posa son chiffon.

— Eh bien si, c'est bien comme ça que je m'appelle. Nous nous sommes déjà rencontrées ? À mon âge, on n'a plus la mémoire de ses 20 ans…

— Non, non, nous ne nous connaissons pas, mais j'ai quelque chose pour vous…

Fanny fouilla dans son sac à main. Elle en extirpa une enveloppe à bulle qu'elle posa sur le comptoir. Dans sa poitrine, ça battait la chamade. Elle allait réunir le cœur de deux anciens amants, au crépuscule de leur vie. Quelle belle mission ! Mais si Hélène réagissait mal ? Et si la mission tournait au vinaigre ? Et si et si et si…

Intriguée, Hélène saisit l'enveloppe et fourra la main à l'intérieur. Elle la ressortit, un sachet cristal au creux des doigts. Elle regardait Fanny, sans comprendre.

— C'est l'edelweiss… précisa la jeune femme.

L'autre secoua la tête. Une fleur toute sèche, quelle idée ! Face à elle, Fanny se liquéfiait. Elle regrettait presque d'être venue et d'avoir assisté à la fin d'un amour qui n'était sincère que pour l'un des deux amoureux. Qu'allait-elle bien pouvoir répondre à Jean-Noël à son retour lorsqu'il lui demanderait ce qu'avait dit Hélène ? Pauvre Noël ! Et pauvre petit edelweiss abandonné depuis des lustres dans ce sachet jauni qui pensait avoir scellé un amour sincère. La mémoire pouvait-elle être aussi cruelle ?

— C'est de la part de Jean-Noël, lâcha-t-elle dans un ultime recours.

Là, le visage fripé d'Hélène s'éclaira pour le plus grand bonheur de Fanny. Soulagée, elle ajouta, la voix étranglée par des sanglots d'émotion à l'idée de réunir ces deux-là :

— Il m'a demandé de vous dire qu'il ne vous avait jamais oubliée.

Le silence tomba sur la réception. On n'entendit plus que le pétillement des flammes qui dansaient dans l'âtre et le froissement d'une page que l'on tourne. Pendant une seconde, le temps se figea. Soudain, Hélène ouvrit la bouche et éclata de rire, face à Fanny, encore toute tremblante de cette déclaration par procuration.

— Alors ça, elle est bien bonne ! s'exclama la vieille femme au chignon en reprenant son souffle.

– 6 –

— Je ne comprends pas… balbutia la jeune femme.

Hélène s'essuya les yeux à l'aide de son torchon.

— Sacré Noël, il manque pas d'imagination celui-là !

Et son rire repartit de plus belle. L'étonnement de Fanny était à son comble. Elle qui s'était attendue à consoler une vieille femme éplorée d'être sur le point de perdre l'amour de sa vie, qui s'était tenue prête à ouvrir les bras pour accueillir une Hélène pétrie d'amour et de regrets, en avait pour son compte. Durant ces derniers jours, elle avait pris soin du petit edelweiss comme s'il s'agissait d'une pierre précieuse et fragile ; elle regardait à présent avec un pincement le sachet transparent se faire chiffonner sous l'assaut de la pogne de la vieille femme en proie à une inexplicable hilarité.

— Et l'edelweiss, s'enquit Hélène en montrant la fleur quand elle se fut un peu calmée, vous l'avez trouvé où ? C'est une fleur très rare, vous savez…

Fanny hésita une seconde à répondre, de crainte de provoquer un nouveau tsunami de rire. Elle inspira avant de bredouiller :

— C’est Jean-Noël, il m’a dit que vous aviez trouvé cette fleur ensemble, que c’était un souvenir commun. Il voulait que je…

Évidemment, rebelote, le rire de la vieille femme envahit la réception. Il était tellement fort que, juste au-dessus, l’escalier semblait rebondir au rythme des soubresauts d’Hélène. Sur l’escalier, justement, retentit le vacarme d’un pas lourd. C’était Lucien, le vieillard à l’allure taciturne, qui redescendait, ce qui eut pour effet de ramener illico Hélène à un semblant de sérieux.

— Venez vous asseoir, nous allons discuter un peu…

Fanny suivit Hélène dans la salle du restaurant où s’activait une longue jeune fille brune. Le temps des explications était venu.

— Je vous offre une boisson chaude ? Je vous dois bien ça. Et puis, avec cette neige qui tombe depuis tout à l’heure… Café ? chocolat ? thé ?

— Un café, je veux bien…

— Laurine, s’il te plaît, tu veux bien apporter un café à Mme Marchand ? N’oublie pas ce qui va avec…

Hélène décocha un clin d’œil à Fanny et se justifia à voix basse :

— Laurine est une sacrée bonne fille, mais elle a tendance à être un peu tête en l’air. Elle est amoureuse en ce moment…

Là-dessus, une irrépressible envie de rire la gagna à nouveau. Devant l’air perplexe de Fanny, elle la refoula et, à la place, se mit à raconter :

— Jean-Noël et moi sommes amis depuis toujours mais pas comme ça, vous voyez ?

La jeune femme secoua la tête, visiblement perdue.

— Mais il était peut-être secrètement amoureux de vous ? tenta-t-elle, presque désespérée.

Hélène haussa les épaules.

— Vous croyez vraiment que depuis toutes ces années, il n'aurait pas trouvé une occasion de m'avouer ses sentiments ?

— Il n'en a peut-être pas eu le temps… Et puis, vous vous êtes perdus de vue et…

— Perdus de vue ? répéta gentiment Hélène. Mais pas du tout, je l'ai au téléphone très régulièrement. D'ailleurs, il m'a appelée il y a quelques jours.

Laurine déposa le café fumant devant Fanny, accompagné d'un biscuit au spéculoos et d'un carré de chocolat noir.

— Excusez-moi, demanda Fanny, vous auriez du…

— Oups, le sucre !

Laurine fit volte-face et repartit dans l'autre sens. Hélène adressa un clin d'œil lourd de connivences à son invitée avant de poursuivre :

— J'imagine qu'il avait une autre raison de vous envoyer ici… Peut-être avait-il seulement envie de vous faire un cadeau ?

— Un cadeau ? Comment ça un cadeau ? Je…

La colère commençait à affluer sous le crâne de la jeune femme : Jean-Noël s'était moqué d'elle et de sa sensibilité, et n'avait pas hésité à utiliser un faux prétexte pour la pousser à venir dans ce coin perdu. Et elle, avec ses envies de sauver le monde, elle avait bien sûr sauté à pieds joints dans ce plan débile, entraînant même la pauvre Nadia qui était maintenant obligée de se coltiner quatre jours de travail supplémentaires. Et Arlette, qui venait d'être convoquée à l'hôpital et qui avait, plus que jamais, besoin d'elle. Et Lilou et Tom, elle avait bien failli les tuer sur ces routes dangereuses. Si ça se trouve, Carambar aussi, c'était du pipeau. Qui sait si Jean-Noël n'avait pas planqué un morceau de steak haché sous sa couverture pour attirer le vieux matou gourmand ?

Comment avait-il pu la rouler de cette façon ? Où était partie la confiance mutuelle ? Leur amitié était-elle du vent ? Elle avait le sentiment désagréable de s'être fait berner. Et cela lui laissait un goût âcre au fond du palais.

De son côté, Hélène observait avec douceur la jeune femme. Elle devinait aisément les idées qui carambolaient dans sa tête.

— Ne lui en voulez pas, Jean-Noël n'est pas un mauvais bougre…

Sans crier gare, Tom et Lilou déboulèrent dans la salle de restaurant.

— Mamaaaaan, cria le petit garçon en courant vers Fanny.

Derrière eux, Franck ajustait sa chemise.

— Ils vous cherchaient…

Lilou prit sa plus belle voix.

— On peut aller jouer dehors ?

Fanny s'apprêtait à répondre qu'il fallait d'abord qu'ils se couvrent quand elle réalisa qu'ils avaient déjà revêtu leurs vêtements de ski, prêtés par une de leurs voisines pour l'occasion. Elle sourit à sa fille, embrassa son fils et les mit en garde : « Vous restez devant. » Ils promirent en vitesse et détalèrent aussitôt, tout joyeux à l'idée de se rouler dans la neige. Trente secondes plus tard, ils passaient devant la fenêtre du restaurant en faisant de grands gestes à l'intention de leur maman. Trop occupée à contempler le bonheur de ses enfants, elle ne remarqua pas que Laurine venait de poser le sucre sur la table.

Elle se souvint soudain d'une discussion mélancolique au cours de laquelle elle s'était attristée du fait de ne pouvoir emmener ses enfants en vacances. Avec beaucoup de pudeur, elle s'était ouverte à Jean-Noël, un soir, de son chagrin de n'avoir à offrir à Tom et Lilou que la perspective d'un centre aéré et l'horizon morne d'une tour HLM. Était-ce à ce moment-là que Noël s'était mis en tête de leur offrir des vacances ? De combien de mois avait-il eu besoin pour monter ce stratagème ? Devant ses enfants qui batifolaient dans leurs habits de sports d'hiver, la colère se dissipa intégralement pour se muer en une profonde gratitude.

Le café avalé, elle prit congé d'Hélène et de Franck et monta dans la chambre. Une montagne de vêtements d'enfants, jetés pêle-mêle sur un des trois lits, l'accueillit. Le visage de Fanny s'éclaira d'un sourire attendri. Les trois jours qui allaient venir seraient les plus beaux que ses enfants aient jamais connus depuis la mort de leur papa. Elle se le promit, comme elle le promit, en pensées, au vieux Noël qui, décidément, était un véritable ami.

Une dizaine de minutes plus tard, elle redescendit et se posta sur le perron d'où elle pouvait surveiller Tom et Lilou. La femme au manteau prune et au châle turquoise, croisée un peu plus tôt, montait les marches pour rentrer à l'hôtel, en tenant dans ses bras le petit yorkshire tout perdu dans son immense collerette. Parvenue sur le seuil, la femme se baissa et lâcha le chien. Celui-ci se mit à courir vers la porte, se cogna au chambranle et, sous l'impulsion du choc, fit un bond d'un mètre qui le fit dévaler les marches en sens inverse et atterrir un peu plus bas.

— Oh non, Monsieur Chang, s'insurgea sa maîtresse en se jetant sur le petit chien figé par l'étonnement, l'arrière-train coincé dans la neige.

La chute avait été cocasse. Au moins autant que le nom dont le chien était affublé. Monsieur Chang, quel drôle de patronyme pour un yorkshire ! Fanny se mordit la lèvre supérieure et entama la conversation. Après tout, elle avait décidé que les prochains jours seraient merveilleux, autant commencer à bavarder avec d’autres êtres humains dès maintenant.

— Le pauvre… Il doit porter sa collerette encore longtemps ?

— Quinze jours minimum, soupira la femme en retirant son bandeau. Lui qui est déjà maladroit en temps normal… Hein Monsieur Chang, tu vas devoir apprendre à faire attention…

— Je m’excuse mais, pourquoi « Monsieur Chang » ? Je suis peut-être trop curieuse remarquez…

La femme se releva avec un air bienveillant, son petit chien de nouveau dans les bras.

— Mais pas du tout ! Je comprends que ce nom puisse surprendre, c’est souvent le cas… Cela vient d’un voyage que nous avons fait mon mari et moi il y a cinq ans.

— En Chine ?

— Non, en Italie. Nous avions visité un refuge et nous sommes repartis avec cette petite boule de poils. Le soir même, il dévorait les raviolis pékinois que nous avions achetés chez un traiteur asiatique. Depuis, nous l’appelons « Monsieur Chang ».

Tom surgit.

— Je peux le caresser ?

— Bien sûr, répondit la femme en se penchant pour mettre Monsieur Chang à hauteur du garçonnet.

Le chien sortit un bout de langue rose et répondit aux caresses de l’enfant en léchant doucement son poignet.

— Moi, je vais bientôt voir un caribou, déclara avec le plus grand des sérieux le petit garçon.

— Ah oui ? Eh bien je suis sûre que Monsieur Chang a déjà hâte de le rencontrer ! Et moi aussi !

— Tu t’appelles comment ? demanda-t-il à la dame sans ambages.

— Voyons Tom, on vouvoie quand on ne connaît pas… protesta Fanny.

— Je vous en prie, la tranquillisa la femme, laissez… Je m'appelle Michèle et toi, donc, tu es Tom… Enchantée de te connaître…

Elle reposa avec précaution le yorkshire qui, cette fois, se faufila sans problème dans l'hôtel. Là, il sauta sur les genoux de l'homme qui lisait face à la cheminée et se coucha sur ses cuisses. Sa maîtresse, qui l'avait suivi, passa derrière le fauteuil dans lequel l'homme était installé et déposa un baiser sur le dessus de sa tête. Pierre leva les yeux et caressa tendrement la joue de sa femme.

— Intéressant ton roman ?

Il referma son livre, enleva ses lunettes.

— Oui, à condition d'aimer les histoires à dormir debout…

— Alors je te propose de venir dormir allongé à côté de moi une petite heure, répliqua-t-elle en l'embrassant cette fois sur le front.

— C'est une drôle de proposition, madame Michèle Tellier.

— N'allez pas vous faire des idées, docteur Pierre Tellier, c'est une proposition en tout bien tout honneur.

— Eh bien, si l'honneur est sauf, je serai heureux de vous suivre…

À cet instant, le carillon tintinnabula. Deux femmes vêtues de vêtements épais et de bonnets multicolores firent irruption devant la réception.

— Tire-toi une bûche, dit avec un fort accent celle qui portait un énorme sac à dos, je m'occupe du *check-in* pendant que tu te reposes.

Monsieur Chang émit trois aboiements discrets pendant que la jeune femme invitée à s'asseoir prenait place à côté du couple en les saluant poliment. Elle dézippa son manteau et un beau ventre rond apparut. Tandis que, à quelques mètres de là, son amie s'occupait des formalités, sa main se crispa. Cela n'échappa pas à l'œil avisé de Pierre. En quarante ans de médecine, il en avait vu des femmes enceintes. Celle-ci ne devait pas dépasser les six mois. C'était un peu tôt.

— Contractions ?

La jeune femme opina du chef.

— Un peu, mais ça va passer. C'est à cause du voyage, il a été long.

– 7 –

La nuit tombait sur La Marmottière. Hélène s'affairait en cuisine tandis que Laurine préparait le service du soir. Au menu, un plat unique, typiquement jurassien, le gratin de pommes de terre au morbier et au lard, accompagné d'une salade verte.

Lucien, lui, enlevait la neige devant le palier de l'hôtel à l'aide d'une grosse pelle. De temps en temps, il tapait sur les stalactites pour les faire tomber. Un juron accompagnait en général la chute du bloc de glace. Sous le ciel sombre, sa silhouette haute en imposait. Un peu plus tôt, avisant ses cheveux gras qui tiraient sur le jaune et ses iris aussi glacés qu'un Magnum oublié dans le fond d'un congélateur, Lilou avait dit à son frère qu'elle trouvait qu'il ressemblait à Hagrid, le gardien de Poudlard dans *Harry Potter*. En moins sympa, avait-elle ajouté. Bien sûr, Tom n'avait rien compris : il ne connaissait pas Harry Potter. « C'est quoi, Harry Potter ? » « Pas c'est « quoi », c'est « qui » on dit ! » Lilou avait lâché un soupir gros comme un nuage. Comment son petit frère pouvait-il ne pas connaître Harry Potter ? C'était un mystère qu'elle ne s'expliquait pas.

Le massif Lucien était donc devenu en quelques heures le Hagrid des Cinq Marmottes. La magie en moins, la mauvaise humeur en plus. D'ailleurs, Lucien n'aimait pas les gosses, pas du tout même, et de savoir qu'il allait devoir en supporter deux pendant les prochains jours le rendait particulièrement irritable. Sa patience était à la mesure de la pelle qu'il tenait entre ses larges mains, bien trop petite pour ces conneries. Et puis, qui disait mioches, disait Noël, guirlandes et tout le bordel ; et qui allait devoir couper le sapin et se le coltiner jusqu'au hall, je vous le demande ? Alors bien sûr, hein, on pourrait mettre un faux truc en plastique, ou alors commander un Norman rachitique à la supérette, qui serait livré en deux jours, on pourrait, ce n'est pas le problème. Mais Lucien vivant, c'était impensable. Quitte à fêter ces bondieuseries, autant que ça sente le sapin. Sans mauvais jeu de mots bien sûr.

Chaque coup de semonce contre le chalet arrachait un grognement à Monsieur Chang, roulé en boule contre sa maîtresse. Celle-ci s'était endormie un peu plus tôt. La sieste n'était pourtant pas dans ses habitudes, mais il faut croire que l'air de la montagne l'avait épuisée. Une longue natte, parsemée de fils d'argent, tombait sur une de ses épaules. Son visage, à la peau presque parfaite, respirait la santé et la sérénité. Les quelques ridules qui habillaient le contour de ses lèvres et de sa bouche ne semblaient être là que pour montrer à quel point son existence avait été une suite de félicités et de calmes délices. Elle portait sur elle sa philosophie de vie : « Aime et sois aimée en retour, le reste suivra. »

À l'extérieur, Lucien envoya une formidable torgnole à un gros bloc de glace réfractaire. Cette fois, Monsieur Chang ne se contenta pas de râler : il aboya carrément, achevant tout à fait de réveiller Michèle, qui, sans ouvrir les yeux, passa instinctivement la main sur la place de son mari. L'oreiller de ce dernier était bombé, le côté de ses draps n'était pas froissé : son époux manquait à l'appel.

D'un bond, elle se souleva et prononça son nom. Pas de réponse. Elle sortit du lit, regarda l'heure et passa la tête dans la salle de bains. Vide. Elle regarda par la fenêtre, balaya du regard les reliefs inquiétants, au loin. Il devait sûrement être descendu au salon. Vu l'heure, il n'aurait pas été étonnant qu'elle le trouve à prendre un apéritif devant la cheminée. Elle attrapa son châle turquoise, releva ses cheveux et s'engagea dans l'escalier, précédée du petit chien aux allures de lampadaire.

Dans le salon, Lilou et Tom étaient absorbés dans une partie de Uno, pendant que Fanny et Franck, eux, étaient en pleine discussion.

« … non, non, je ne dirais pas que la vie sur les routes, c'est difficile, c'est vrai que c'est parfois compliqué, vous savez ce qu'on dit, une femme dans chaque port, même si bien sûr ce n'est pas dans mon tempérament. Disons que le jour où je rencontrerai la bonne, eh bien, je lâcherai la route, terminé les soirées… »

De temps à autre, Fanny hochait vaguement la tête, agrémentait la conversation d'un « mmh mmh » ou se perdait dans la contemplation de ses ongles, de ses chaussures, du parquet massif, des flammes dans le foyer… pendant que Franck, imperturbable et sûr de l'effet de ses cheveux gominés et de son col roulé beige sous sa veste noire, continuait :

« … je ne sais pas vous mais moi j'aime la montagne, je me sens libre. Du coup, vous êtes venue seule, vous devez être épuisée par le trajet. Quand on y est habitué, comme moi, ça va mais quand on ne connaît pas… »

Le museau et la collerette en l'air, attiré par les fumets de lard grillé et de fromage chaud, Monsieur Chang zigzaguait en jappant entre les jambes de tout ce petit monde. Lui aussi paraissait à la recherche de son maître. À moins que l'odeur du graillon ait eu raison de sa motivation.

Où peut-il bien être ? se demanda Michèle. Disparaître sans un mot ne ressemblait pas à son époux. Lui d'ordinaire si prévenant. D'ailleurs, sa vie, elle ne pouvait pas l'imaginer sans lui. Ensemble, ils avaient tout partagé. Et quarante ans après leur mariage, leur amour était comme au premier jour. Si leurs corps avaient dépassé la soixantaine, il n'en était pas de même pour leur esprit, l'amour les maintenait dans une enivrante jeunesse. En quatre décennies, rien, absolument rien, n'était venu abîmer le sentiment indéfectible qui les reliait l'un à l'autre.

Le carillon de la porte d'entrée s'agita. Michèle se retourna, s'attendant à voir surgir un Pierre frigorifié. Mais ce n'était que Lucien qui, à présent, claquait ses bottes contre le paillasson en maugréant. Le vieil homme passa derrière le comptoir de la réception où il commença à trafiquer quelque chose derrière l'ordinateur. Michelle s'approcha de lui.

— Excusez-moi, vous n'auriez pas vu mon mari par hasard ?

Le vieil homme se remit d'aplomb et planta ses pupilles droit dans celles de Michèle. Elle frémit. Sans qu'elle puisse s'en expliquer la raison, cet homme la mettait mal à l'aise. Quelque chose dans son attitude la rendait méfiante. Elle répéta sa question. Sans ciller, l'homme secoua très lentement la tête. Elle déglutit, le remercia et s'en retourna prestement du côté de la cheminée. Là, elle attendit, les bras serrés contre sa poitrine.

Une dizaine de minutes s'écoula. Dehors, la nuit était maintenant complète. Au milieu de ce noir qui avait remplacé le blanc, seuls éclairaient les deux réverbères du parking et le projecteur sur les marmottes du fronton. Lucien, lui, était ressorti : il n'en avait pas terminé avec ses blocs de glace.

Un rai de lumière zébra soudain l'horizon. Peu à peu, la silhouette d'un homme se détacha. C'était Pierre qui revenait, une lampe-torche entre les moufles. Essoufflé, il salua le vieil homme. Quand il l'eut dépassé, ce dernier l'interpella, un drôle d'éclair au fond des iris :

— Hey, faut pas sortir le soir.

— J'étais juste parti me balader, profiter du grand air…

Lucien lâcha sa pelle, s'approcha du médecin à la retraite et le toisa de toute sa hauteur.

— J'ai dit, faut pas sortir le soir, c'est dangereux la montagne.

Penaud comme un enfant pris en flagrant délit de vol de bonbons, Pierre se ratatina, un début de sueur froide glissa entre ses omoplates. *Quel drôle de bonhomme que celui-là !* songea-t-il. Il n'était pas commode, ça non…

Hélène, qui passait par là avec une miche de pain, vint à la rescousse du docteur, l'entraînant légèrement mais sûrement vers les marches.

— Faites pas attention à lui… il n'est pas méchant… il est juste… inquiet…

Là-dessus, elle pivota vers Lucien et lui adressa un petit signe de la main. Un petit signe, en forme de tranquillisant.

Tout va bien…

– 8 –

Emma se réveilla en sursaut, les cheveux collés sur le front, la respiration saccadée, les doigts cramponnés à la couette. Elle resta suspendue plusieurs secondes dans cet état de mi-parcours, où torpeur et demi sommeil se disputaient ses faveurs. Peu à peu, son regard, s'habituant à la pénombre, fut en mesure de retrouver les contours de la chambre. Elle reconnut les lieux, devina la forme du corps allongé sous les draps, effleura des yeux la nuque de Kate. Son souffle s'apaisa, les battements de son cœur se régulèrent, elle se détendit.

Des coups martelaient ses côtes : à l'intérieur de son abdomen, le petit être en devenir se débattait comme un beau diable. Les mouvements du bébé étaient à l'image du tumulte des pensées de la future maman : puissants et désordonnés. Elle prit une grande inspiration et caressa son ventre, espérant ainsi insuffler un peu de calme à ce bout d'homme qui, si tout se passait bien, pointerait le bout de son nez d'ici trois mois. Il fallait croiser les doigts pour que ça n'arrive pas avant.

Elle avait encore fait un de ces mauvais rêves où tout se mélangeait ; ce style de cauchemars où ses inquiétudes prenaient corps ; ce genre de songes qui lui donnaient envie de faire machine arrière. Mais c'était impossible, elle ne pouvait plus reculer.

La soif gratouillait sa gorge. Elle se leva, se dirigea dans la salle de bains et prit soin de fermer la porte derrière elle pour ne pas gêner Kate. Le néon, d'une couleur que l'on pouvait situer entre le jaune poussin et le blanc-vert, éclaboussa la pièce d'eau de sa lumière crue. Gênée par la trop forte luminosité, Emma plissa les yeux. Quand elle décilla les paupières, elle rencontra son reflet dans le miroir. Blême, cernée, elle avait une mine à faire peur, à des kilomètres des clichés de femme enceinte radieuse et épanouie, aux joues rebondies et aux formes gracieuses. Comme elle enviait celles qui vivaient leur grossesse comme une croisière en Méditerranée, loin d'une houle excessive et sous un ciel azur. Sa grossesse à elle, se disait-elle, était plutôt à ranger dans la catégorie des batailles navales sur la Manche avec avis de tempête : ça tanguait un maximum et le roulis lui filait la nausée deux jours sur trois. Bien sûr, le long voyage que Kate et elle venaient d'accomplir n'avait rien arrangé.

Elle attrapa le gobelet à dents, ouvrit le robinet et fit couler l'eau. Elle avala une gorgée puis se courba sur le lavabo pour s'asperger le visage. L'eau était glaciale. Normal, à la montagne…

Auprès de leur entourage, elles avaient évoqué des vacances. Bien sûr, leurs amis s'étaient étonnés. « Ben voyons, il n'y a pas assez de neige par chez nous pour que vous ayez décidé de partir aussi loin pour skier ? » On ne pouvait évidemment pas leur donner tort : si, au Canada, elles n'étaient pas fichues de trouver un coin pour avaler un chocolat chaud ou faire du ski de fond, elles n'en trouveraient nulle part ailleurs. En guise de réponse, elles parlaient d'exotisme, de la France qu'elles avaient toujours voulu découvrir, de ce moment qu'elles voulaient partager ensemble avant l'arrivée du bébé. « Vous savez comment c'est, après, entre les couches et les biberons, ça risque d'être moins simple pour les escapades. » « Partez au soleil ! » leur avait opposé une des collègues de Kate, « ça réchauffera ce petit. Il va être gelé comme une crotte autrement. »

Elles avaient tenu bon en dépit des remarques et des avis discordants sur ce qu'un tel périple pouvait avoir de néfaste à six mois de grossesse. Ce qu'elles étaient venues faire ici leur appartenait. Lui appartenait.

Emma sortit de la salle de bains et se dirigea vers la fenêtre. La plante de ses pieds nus s'enfonça dans le moelleux du tapis. Elle tira un peu le double rideau, à peine assez pour lui permettre de contempler la lune accrochée au-dessus des sommets.

— Tu ne dors pas ?

Emma se retourna et vit Kate, le torse à moitié surélevé, le bras replié sous la tête.

— Bof… lui répondit-elle avec un sourire teinté de tristesse et de lassitude.

— Toujours ton cauchemar ?

Emma tordit ses lèvres et fit la moue.

— Ouais…

— Viens là…

Kate se décala. Emma vint s'allonger à ses côtés et posa sa tête dans le cou de la belle jeune femme rousse.

— Tu crois qu'on a raison d'être là ? lui susurra-t-elle dans l'oreille.

— Je crois que c'est bon pour nous, oui… répondit Kate

Et elle ajouta, en posant la main sur le ventre d'Emma :

— … pour nous trois…

Emma appliqua également sa paume sur son ventre. Ses doigts rencontrèrent ceux de Kate pour ne plus les lâcher.

— Je t'aime, chuchota Emma.

— T'sais que moi aussi…

Le corps de Kate, chaud et engourdi, parvint à adoucir l'orage des inquiétudes de la jeune femme. Bientôt, la respiration d'Emma se cala sur celle de l'autre future maman, celle qui ne portait pas l'enfant mais qui, pourtant, l'attendait avec tout l'amour du monde. Bientôt, ce bébé serait là. Et son foyer, pour être fait de deux mamans, serait le plus heureux de tous.

Pendant ce temps…

Le petit homme pénétra dans la pièce où régnait une forte odeur de brûlé. Dans son sillage, un courant d'air glacé.

— La porte ! beugla celui qui était assis à la table.

Pour toute réponse, il flanqua un coup de pied dans la porte qui se referma en grinçant. Le problème du froid résolu, ses pas lourds arpentèrent le sol de la baraque jusqu'à la table. Là, il tira une chaise.

— T'es prêt pour demain ? demanda-t-il sans introduction en s'asseyant.

— Oui, tout est bon ! répondit l'autre en avalant une rasade d'alcool.

— T'es sûr ?

— Mais oui, si j'te le dis !

— T'auras pas la tremblote hein ?

— Ça fait un bail que j'ai pas manipulé ça, mais quand même, je sais encore ce que je fais !

– 9 –

À peine Tom ouvrit-il les yeux qu'il sauta en bas de son lit et écarta un pan du rideau sous les protestations ensommeillées de sa mère et de sa sœur. Mais de leur désapprobation le garçonnet n'en avait cure : le temps était radieux, la neige scintillait sous un ciel parfait, le soleil, déjà, dardait ses rayons sur la montagne, bref la journée s'annonçait magnifique et il fallait faire vite si on voulait en profiter pleinement. En tout cas, Tom, lui, était bien décidé à ne pas perdre une seule miette de ce deuxième jour au ski.

Ils se préparèrent rapidement – enthousiasme de Tom oblige – et descendirent au restaurant prendre le petit-déjeuner. La grande pièce résonnait du cliquetis des cuillères sur les tasses et des murmures des autres clients. Fanny s'assit à une table vacante pendant que, de leur côté, Lilou et son frère se promenaient autour du buffet.

L'îlot, au milieu de la salle, était garni de céréales, de fruits, de fromages et de mini viennoiseries. Ces dernières venaient d'ailleurs tout juste d'être livrées par le jeune homme qui fumait là, dehors, près de sa camionnette rouge, en sautillant sur place pour se réchauffer.

De son côté, Franck était en grande discussion avec Hélène, s'échinant à lui vanter les mérites du nouveau modèle d'aspirateur, le S 3012, catalogue à l'appui. Il lui promettait un délai de livraison qui dépasserait l'entendement. « Bientôt, on sera en mesure de vous les apporter par drone, vous savez ! » Perplexe, l'hôtelière arquait les sourcils : « Un drone, qu'est-ce que c'est que ce machin ? »

Quand il aperçut Fanny, le représentant lui adressa un signe et, ni une ni deux, abandonna la pauvre Hélène, qui, lunettes sur le nez, s'abîmait malgré tout la vue devant la page 5 du catalogue des aspirateurs Bruve et la photographie d'un S 3012 qui tenait davantage, selon elle, de la fusée Ariane que d'un balai-brosse à moteur. Mais, soyons honnête, la vieille femme n'était pas fâchée d'être enfin débarrassée de ce vendeur insistant : elle n'avait en effet aucune intention d'acheter le moindre aspirateur, le modèle antique qu'elle possédait convenant parfaitement à Laurine. « IN-CRE-VA-BLE » avait-elle coutume de dire au sujet de son électroménager antédiluvien.

— Bien dormi ? demanda Franck à la jeune femme en s'installant face à elle.

Prise de court, Fanny n'osa pas protester. Au lieu de ça, elle se mit à fureter à la manière d'un suricate à la recherche d'une bonne âme qui pourrait la soustraire, poliment mais sûrement, à la présence encombrante du représentant.

— Oui, merci… fit-elle en se levant, feignant de se précipiter au secours de sa fille qui se servait un jus d'orange et qui n'avait pas le moins du monde besoin d'elle.

— Je sais faire toute seule, Maman, merci !

— Oui bah pour aujourd'hui, on va dire que tu n'en es plus très sûre, tu veux bien ? la supplia-t-elle à voix basse.

Lilou jeta un œil par-dessus l'épaule de sa mère et comprit instantanément ce qu'elle cherchait à esquiver. Laurine serpentait entre les convives, une cafetière dans la main gauche, un broc de chocolat chaud dans la droite.

Deux autres tables du restaurant étaient occupées : Kate et Emma mangeaient en silence ; quant à Pierre, il venait de déposer une assiette copieuse devant son épouse qui le remercia d'un tendre regard, ce qui eut pour effet d'arracher un sourire nostalgique à Fanny. Elle se fit la réflexion que ces deux-là s'adoraient, que ça ne faisait aucun doute, que c'était beau de s'aimer autant après toutes ces années, que la vieillesse était moins effrayante lorsqu'on pouvait la partager et que si Sébastien avait été à ses côtés, c'est de cette vieillesse-là qu'elle aurait rêvé. Au cours de sa carrière, elle avait vu tant de personnes âgées mourir dans la solitude…

— Maman, je peux avoir cinq pains au chocolat ?

Le prosaïsme de Tom l'arracha à sa mélancolie existentielle.

— C'est trop, cinq, voyons… Prends-en un déjà…

— Mais ils sont tout petits… Trois ?

— Deux ?

— Tope-la !

La négociation avait été menée de main de maître. Enchanté de se balader avec ses deux mini viennoiseries dorées au milieu de son assiette, le petit garçon salua Michèle et s'installa à côté de Franck qui se tendit instantanément dans une sorte de mouvement réflexe.

Au fond, le carillon de l'entrée s'activa. Mais seul Monsieur Chang, à l'affût, sembla l'entendre. Sans doute sa collerette faisait-elle un peu caisse de résonance…

Le petit chien promena son derrière jusqu'au hall d'entrée, manquant au passage de faire trébucher Laurine.

Au bout d'une dizaine de minutes, un homme emmitouflé dans une doudoune noire débarqua dans la salle. De petits monticules de neige se détachaient de ses après-skis et formaient des flaques sous ses pas.

— Excusez-moi, il y a quelqu'un à la réception ? lança-t-il à la cantonade tandis que le petit chien frétillait près de ses *moon boots*.

Tous les regards convergèrent simultanément vers le nouvel arrivant. Fanny, qui s'efforçait d'engloutir son petit-déjeuner à la vitesse grand V pour que cesse le plus rapidement possible le monologue de l'expert-en-aspirateur – et en drague, accessoirement –, se figea, un morceau de pain dans la bouche.

Cet homme ne lui était pas inconnu. L'avait-elle déjà vu quelque part ? Croisé peut-être sur la route ? Hier, dans la station-service ?

Tout à coup, la stupéfaction manqua de l'étouffer. La bouchée qu'elle venait d'avaler lui resta en travers de la gorge.

– 10 –

« Oui, oui, je suis désolée, j'arrive tout de suite. » Hélène accourut en faisant claquer ses talonnettes et entraîna l'homme vers le comptoir de la réception.

L'entracte terminé, le petit-déjeuner reprit son cours dans le restaurant.

« … non mais quand même, y en a qui ne manquent pas d'air, je vous jure, venir comme ça, interpeller tout le monde, c'est franchement moyenâgeux comme comportem… »

Le monologue de Franck ne constituait plus qu'un vague bruit de fond que Fanny n'écoutait plus.

Elle n'était pas très physionomiste, mais quelque chose dans sa mémoire s'était mis en branle. Presque à son insu, elle fut propulsée dans la maison de retraite, juste devant la chambre de Jean-Noël, exactement à l'instant où en sortait son parvenu de petit-fils, accompagné de son épouse guindée. L'homme, elle l'avait reconnu…

Que venait faire ici le petit-fils de Jean-Noël ? Ne pouvait-il s'agir que d'une simple coïncidence ? C'était troublant.

Elle devait en avoir le cœur net. Elle s'excusa et quitta la table, enjoignant à ses enfants de l'attendre ici et de finir leur petit-déjeuner.

— Tu vas où, Maman ?

Elle mentit :

— À la réception, il faut que je signale une fuite d'eau que j'ai remarquée tout à l'heure dans les toilettes...

Elle sortit du restaurant et se dissimula dans un coin d'où elle pouvait voir le comptoir sans être vue. Tout en retenant son souffle, elle entendit l'homme expliquer : « Non, je repars demain, je n'ai pas la possibilité de rester plus longtemps. Je n'ai pas le temps. »

Pas le temps, se répéta-t-elle mentalement. Ce n'était pas une surprise, juste une constatation amère : ce genre de type n'avait jamais le temps de rien, pas même de rendre visite plus souvent à un vieillard esseulé dans une chambre médicalisée. Fanny ressentit le même dégoût teinté d'incompréhension que celui qui avait fondu sur elle toutes les fois où elle avait aperçu ce couple de nantis dans les couloirs de son lieu de travail, deux jeunes gens imbus d'eux-mêmes, satisfaits de s'être acquittés de leur bonne action de l'année et pressés de retourner dans leur voiture à cinq zéros.

Mais un doute s'empara d'elle : et si ce n'était pas lui ? Cet homme n'était peut-être que le portrait craché de ce détestable prétentieux ? Fanny était très douée pour se faire des films ... Les sosies, ça existait après tout... Elle haussa les épaules, à demi persuadée de s'être trompée.

Un peu plus tard, Tom et Lilou faisaient de la luge sous un ciel devenu maussade. Le temps avait brutalement changé, les températures avaient baissé de plusieurs degrés, on s'attendait à de violentes chutes de neige sur les hauteurs. Les enfants, eux, se fichaient bien du gris qui s'installait autour d'eux et de l'atmosphère cotonneuse qui plombait les visages. Seules comptaient ces courses que le frère et la sœur se livraient et qui se finissaient, pour la majorité d'entre elles, les quatre fers en l'air dans le tas de neige qui longeait la pente. Si Fanny s'évertuait à faire bonne figure et à partager leurs jeux, elle n'avait au fond d'elle pas tellement le cœur à la fête : la venue de celui qui ressemblait tant à ce petit-fils désastreux la turlupinait ; elle ne pouvait pas s'empêcher de zieuter du côté du 4x4 garé sur le parking…

En fin de matinée, l'homme apparut sur le perron de l'hôtel. Il prit une grande inspiration. Un séjour à la montagne n'était pas pour lui déplaire. Comme il regrettait de ne pouvoir y demeurer que jusqu'au lendemain ! Son existence était devenue une course, il était épuisé, un séjour plus long n'aurait pas été de refus.

Il croisa le regard d'une jeune femme occupée à surveiller deux enfants qui dévalaient une pente en hurlant. Il la salua rapidement avant de détourner les yeux et de descendre les marches.

« Ce n'est pas lui », conclut Fanny, soudain rassérénée.

Mais il la regarda à nouveau, s'attarda sur elle, visiblement intrigué. Il l'avait déjà rencontrée, il en aurait mis sa main au feu. Mais où ? Avec toutes les mondanités que son épouse lui imposait, il aurait été bien en peine de retenir le nom des centaines de personnes croisées au fil des derniers mois.

Fanny perçut son trouble. Pour elle, c'en était trop, le doute la bouffait, elle avait désormais besoin de certitudes. Était-il oui ou non celui qu'elle croyait ?

— Désolée, commença-t-elle lorsqu'il se fut rapproché du parking, je vous connais, non ?

Mal à l'aise, l'homme se crispa.

Aïe, se dit-il, *encore une dont je ne vais pas me rappeler le nom.*

— Je crois oui, vous êtes… répondit-il, espérant que la jeune femme lui donnerait d'elle-même son prénom et qu'il ne serait pas obligé de lui montrer qu'il n'avait presque aucun souvenir d'une éventuelle rencontre antérieure.

De son côté, Fanny prit le temps de détailler son visage. La ressemblance était quand même frappante. Brusquement, le doute s'envola : c'était lui, elle en était absolument convaincue.

— Vous ne voyez pas ? s'enquit-elle en prenant un air presque dédaigneux.

Bien sûr que non, il ne voyait pas, comment aurait-il pu en être autrement ? Ce genre de mec ne s'abaissait jamais à regarder le monde qui l'entoure, non, ce genre-là toisait l'univers du haut de son piédestal. Alors une petite aide-soignante comme elle, évidemment qu'il ne la remettait pas. Et puis, ce n'était pas avec le peu de fois qu'il se rendait au chevet de son grand-père qu'il pouvait imprimer la tête des membres de l'équipe qui en prenait soin. Oh bien sûr, se morigénait Fanny pour se calmer, c'était sans importance, un infime détail à l'échelle du système solaire. Mais la vérité était qu'elle était écœurée par l'attitude désinvolte de cet homme vis-à-vis de Jean-Noël. Des jeunes qui laissent crever leurs vieux sans s'en préoccuper, elle en avait soupé et cette injustice-là, qui faisait que les vieux étaient condamnés à subir leur solitude, la dégoûtait.

Pourtant, l'homme n'était pas de mauvaise volonté, il cherchait. Ses méninges tournaient même à plein régime. Mais rien, absolument rien qui put ressembler de près ou de loin à un début de prénom, de circonstances, de souvenirs. Juste une vague impression d'avoir déjà vu cette petite femme qui s'impatientait devant lui, dans sa doudoune trop grande et son bonnet en laine.

Pour lui rafraîchir la mémoire, Fanny envoya un premier indice :

— Île-de-France…

L'autre secoua la tête, ouvertement désolé.

Évidemment, quelle idiote je suis, la banlieue, c'est le bout du monde dans son pays des culs dorés.

Deuxième indice :

— Les Tilleuls alors ?

L'homme déglutit. Non, rien.

Il ne connaît même pas le nom de la résidence de son grand-père. J'y crois pas…

Troisième :

— Vous avez bien un grand-père, non ?

— Eh bien oui, mais…

— Enchantée, le coupa-t-elle en lui tendant sèchement la main, je m'appelle Fanny, je suis aide-soignante et je m'occupe de votre grand-père que vous ne passez voir qu'une fois tous les trente-six du mois.

Là-dessus, elle tourna les talons, le cœur battant, abasourdie par sa propre audace, elle qui était d'ordinaire si réservée. Mais sa timidité avait ses limites : elle ne supportait pas les fins de vie indignes. Enfin, ce type et sa bonne femme en forme de liane sèche devaient bien avoir des enfants que Jean-Noël rêvait de voir grandir ! Ce crâneur avait bien quelques souvenirs communs à partager avec son grand-père autour d'un bon goûter le dimanche après-midi bon sang ! Un reste de petit garçon que Jean-Noël avait pris sur ses genoux pour faire « à dada sur mon bidet » devait bien subsister au fond de ce beau gosse de pacotille, non ?

Jean-Noël : 1 – petit-fils ingrat : 0.

Sonné par la déflagration des paroles, l'homme en resta comme deux ronds de flan : interdit, incapable de répondre à la déferlante, il se tint quelques secondes immobile, à trois mètres de cette femme et de ces deux enfants, hilares, emmêlés dans les cordons de leur luge.

Il s'appelait Romain. Voilà ce qu'il n'eut ni le cran, ni l'envie, ni l'occasion de lui répondre. Les mains au fond des poches, il rentra, indigné par le jugement hâtif de cette jeune femme pleine d'une hargne incompréhensible. De quoi se mêlait-elle ? Et que pensait-elle savoir de sa vie quand lui-même était aussi paumé qu'un haricot dans un salon de coiffure ?

Revenons à Fanny : elle était en colère, certes, mais sa fureur dépassait largement le cadre de cet échange. Elle avait balancé à ce jeune homme ce qu'elle avait toujours rêvé d'envoyer à tous les rejetons égoïstes de la Terre depuis qu'elle exerçait ce métier. Autrement dit, il avait pris pour tous les autres.

Frémissante et toute chamboulée par cet échange qui n'en fut pas vraiment un, elle considéra la montagne qui se tenait face à elle, majestueuse. À une dizaine de mètres, les Canadiennes se promenaient en riant. Un peu plus loin, deux personnes progressaient vers l'hôtel. C'étaient Pierre et Michèle qui revenaient tranquillement d'une promenade en skis de fond. Lui portait un sac à dos d'où on voyait dépasser le museau et la collerette écrue de Monsieur Chang. Ils avançaient de concert, les pas de l'un se calant sur ceux de l'autre.

Fanny croisa les bras sur sa poitrine.

La beauté du paysage, la joie de ses enfants pleins de neige dans le cou, ce couple au loin qui semblait n'être qu'un seul être dans deux corps ainsi que cette jeune femme enceinte qui se baladait paisiblement avec son amie eurent finalement raison de son énervement : Fanny inspira un grand coup. Tandis que l'air montagnard remplissait ses poumons, elle eut de nouveau foi en l'humanité.

— Brrrrr, lâcha Michèle dans un sourire lorsqu'elle parvint à la hauteur de Fanny, fait pas chaud aujourd'hui…

Mais la foi en l'humanité, c'est un peu comme la chanson populaire de Claude François : ça s'en va et ça revient, c'est fait de tout petits riens…

– 11 –

L'après-midi glissait lentement vers le début de soirée, la nuit hésitait encore à montrer ses crocs. On ne prenait pas grand risque à déduire du ciel gris et des flocons qui tombaient sans discontinuer qu'elle serait glaciale. Pendant que, calfeutrée dans la chambre, Fanny s'échinait à terminer de tricoter le gilet de sa fille afin qu'il soit prêt pour Noël, Tom et Lilou s'amusaient à l'extérieur.

Les deux enfants contemplaient avec satisfaction le bonhomme de neige qu'ils venaient d'achever : les deux cailloux noirs des yeux n'étaient pas très droits, le chapeau matérialisé par un rondin de bois avait tendance à dégringoler, son unique bras – ils n'avaient trouvé qu'une seule branche – était franchement tordu, mais ils étaient fiers, leur réalisation avait de l'allure. Et avec ce froid, ils avaient bon espoir de le conserver quelques jours.

— Ça sera le gardien de l'hôtel ! s'exclama Tom. Il fera peur aux voleurs !

— Oui, bon, un coup d'eau bouillante et il sera raplapla ton gardien ! Il risque pas d'en effrayer beaucoup… rétorqua Lilou avec-son-air-de-grande-sœur-qui-sait-des-trucs.

Tom fit la moue, sa sœur n'avait pas tort. Mais peut-être qu'en priant très fort, leur bonhomme de neige prendrait vie.

— Comment on l'appelle ? demanda la fillette.

— Cari Bou !

— C'est pas un prénom ça…

Tom gonfla ses joues en signe de désapprobation.

— Qu'est-ce que tu en sais toi d'abord ?!

Le débat tourna court : ils entendirent des murmures et se tournèrent dans la direction d'où ils semblaient provenir. Un homme et une femme avançaient vers l'hôtel. Intriguée, Lilou plissa les yeux : les bonnets et les cache-nez recouvraient les visages des visiteurs et le rideau de neige, assorti au vent qui commençait à se lever, n'aidait pas la petite fille à identifier les deux arrivants. Brusquement, la femme retira son bonnet pour se gratter le front, laissant entrevoir une queue de cheval châtain. Immédiatement, la fillette reconnut Laurine. Elle s'apprêtait à lui adresser un grand signe de la main en l'appelant par son prénom quand l'homme, à ses côtés, retira l'écharpe qui entourait son propre visage. C'était Pierre, l'époux de Michèle. Que faisaient-ils là, tous les deux ? Et pourquoi Michèle n'était-elle pas avec eux ? Lilou n'aimait pas ça. Elle s'abstint de les interpeller, préférant jouer le jeu de la discrétion. Mais son frère ne s'embarrassa pas de tant de fioritures.

« Hey ho, comment ça va ? Monsieur Chang est pas avec vous ? »

Laurine et Pierre s'immobilisèrent, surpris. Pierre envoya un petit signe gêné aux deux enfants et prononça quelques mots à l'oreille de Laurine. Cette dernière baissa la tête et disparut rapidement derrière le bâtiment.

Pierre s'approcha seul et dépassa les enfants dans un silence troublé.

— Il a même pas répondu… remarqua Tom avec amertume, c'est pas très poli…

— Ne t'inquiète pas, ils ont sûrement des problèmes de grandes personnes, déclara la grande sœur.

Quand même, songea Lilou, l'attitude mystérieuse de la serveuse et du mari de la belle dame au grand châle turquoise était pour le moins étrange.

Elle n'eut pas le temps de se poser davantage de questions.

« Bougez-vous de là, les marmots ! »

Les enfants se décalèrent pour laisser passer Lucien. Celui-ci monta lentement les marches en faisant claquer ses énormes bottes sur le bois. Il traînait derrière lui un énorme sapin de Noël.

— Wahou, s'exclama le petit Tom, c'est pour nous ?

Lilou eut bien envie de supplier son frère de se taire mais c'était trop tard, le mal était fait. Lucien se figea, se tourna très lentement à la manière d'une vieille girouette rouillée, pencha son énorme buste et colla son museau tout près de celui du petit garçon qui n'en menait pas large.

— C'est pas pour vous, c'est *à cause* de vous ! Faudra être sages, hein ! Et pis il commence à être tard, restez pas dehors !

Tom déglutit et acquiesça fébrilement, sous les yeux de sa sœur, qui, tétanisée elle aussi, se mordit les lèvres. Les deux enfants n'osaient plus respirer.

Lucien reprit sa progression molle de géant en ronchonnant. Le sapin, couché et traîné sans le moindre ménagement, donnait la chair de poule aux enfants. Quand, enfin, l'employé fut rentré dans l'hôtel, les enfants se remirent à respirer normalement. Ils se regardèrent, éberlués.

— Y a un truc pas clair ici, déclara Lilou.

— Ouais, heureusement que le bonhomme de neige va nous protéger… rétorqua son petit-frère, sûr de son coup.

Ils secouèrent leurs pieds sur le paillasson, poussèrent la porte d'entrée, pénétrèrent à l'intérieur. Le carillon chantonna. Et un énorme bruit éclata.

– 12 –

Fanny lâcha ses aiguilles et se précipita à la fenêtre. Ce qu'elle vit la saisit d'effroi : une gerbe de neige colossale avait jailli de la montagne. À présent, une gigantesque masse blanche dévalait les pentes à toute allure en se propageant tout autour d'elle et se dirigeait droit vers eux.

Pendant combien de temps son cerveau fut-il incapable de la moindre connexion, elle ne saurait pas le dire, mais cela lui sembla à la fois très long et très court. Épouvantée par la coulée menaçante et par le spectacle grandiose de l'avalanche, elle resta paralysée, les jambes désespérément clouées au sol, les bras coincés le long de son corps, le buste tendu à l'extrême. Elle était soufflée. La neige avançait dangereusement. Elle recula instinctivement, oubliant que les murs de l'hôtel la protégeaient.

Au loin, en haut de la montagne, un petit point lumineux attira son attention. Quelqu'un ou quelque chose dégringolait sur des skis ou une luge – comment savoir à cette distance et avec la panique qui vous submerge ? La tache luminescente dansait dans la nuit en se rapprochant.

Une torche, se dit Fanny quand la tache fut plus près, *tenue par un barbu.*

Elle n'eut pas le loisir d'étudier l'étrangeté de cette vision, cette constatation bizarre l'ayant catapulté dans réalité. Une autre panique, plus viscérale, s'empara alors de la jeune femme : ses enfants ! Où étaient-ils ? Pourvu qu'il ne leur soit rien arrivé !

Ses membres se remirent à fonctionner, mécaniquement, presque sans contrôle. Elle sortit de la chambre en trombe sans prendre la peine de fermer la porte et se rua dans les escaliers.

Ils étaient là, à l'intérieur, vivants, en bonne santé. Hélène s'efforçait de les rassurer en les tenant éloignés des vitres. Dès qu'ils aperçurent leur maman, les enfants se jetèrent dans ses bras. La panique quitta alors Fanny d'un seul coup : ses jambes flageolèrent. Elle se retint au cadre de la cheminée pour ne pas tomber.

La jeune femme observa la salle. Tous les clients étaient présents, abasourdis, muets, bleus – ou blancs selon les carnations – de trouille. Franck avait abandonné son catalogue d'aspirateurs dernier cri à ses pieds, Kate tenait Emma qui se tenait le ventre, Pierre berçait Michèle, Monsieur Chang tremblait sur les genoux de sa maîtresse, Laurine se rongeait les ongles, Romain tapait fébrilement du pied. Même Lucien avait cessé de bougonner. Il se tenait immobile près de l'énorme sapin qu'il avait appuyé contre un des murs. Personne ne parlait. Seul le crépitement des flammes dans le foyer osait briser l'hébétude générale.

Ces mêmes flammes qui se reflétaient dans le regard du vieil homme…

On entendit un *flaoutch*. Puis plus rien.

— C'est fini, lâcha Hélène d'une voix bouleversée.

Tous se regardèrent, interloqués, ne sachant trop quelle attitude adopter. Au bout d'un moment, Lucien sortit pour évaluer les dégâts. On l'entendit ronchonner, encore, et forcer après la porte. Ils le suivirent. Le carillon se trémoussa et accompagna le passage de chacun des hôtes par une jolie musique qui contrastait furieusement avec l'ambiance. La neige, qui par bonheur ou par miracle, n'avait ni pénétré dans l'hôtel ni fait voler les vitres en éclats et s'était arrêtée sous le fronton, les dépassait de près d'un mètre. L'un après l'autre, ils durent escalader.

Une fois tout le monde dehors, le carillon se tut, remplacé par le silence et la sidération.

Il est difficile de décrire ce qu'ils virent ce soir-là. La neige avait tout recouvert. On ne distinguait presque plus les véhicules garés sur le parking. Enfouies sous un coton blanc, les automobiles n'étaient plus que de petites protubérances qui affleuraient à la surface. Les réverbères éclairaient toujours mais semblaient bien plus petits, un adulte mal avisé aurait pu s'amuser à toucher leur tête : la neige avait amputé les lampadaires d'un bon mètre cinquante.

— Faut pas avancer, grommela Lucien, on peut s'enfoncer.

Remarque inutile, de toute façon, personne ne s'y serait risqué.

Un à un, ils rebroussèrent chemin pour se cloîtrer à l'intérieur. Là, Hélène dressa le bilan. Le positif d'abord : on était chanceux, il y avait eu plus de peur que de mal, aucun blessé n'était à déplorer. « À croire que la montagne nous a fait une fleur », ajouta-t-elle en souriant. Et puis, l'électricité fonctionnait toujours, ce qui était quand même une sacrée épine en moins. Quant à la radio, Lucien irait vérifier tout à l'heure.

Le négatif ensuite : la ligne téléphonique avait l'air d'être rompue, internet était dans les choux et les chasse-neige ne déblaieraient pas tout de suite. Elle précisa, avec une intonation résignée : « C'est toujours comme ça, ils viennent d'en bas et ils grimpent pas vite. »

Tous étaient encore sous le choc, on peinait à recouvrer ses esprits. Il leur était donc difficile d'imaginer les conséquences pratiques des problèmes soulevés par la propriétaire des lieux. Aussi, personne ne réagit.

Personne, sauf un.

— Excusez-moi, ça veut dire quoi, au juste, « ils grimpent pas vite » ?

C'est Romain qui avait posé la question.

— Eh bien, fit Hélène, ça veut dire trois ou quatre jours, ça dépend.

— Les voitures avec quatre roues motrices passent quand même, non ? demanda-t-il encore, de plus en plus inquiet. Parce que je dois partir demain absolument et…

— Bah tu partiras pas demain mon gars, ça, c'est sûr, rétorqua Lucien du ton de celui qui se réjouit de la mésaventure d'autrui.

Quelqu'un pouffa discrètement. Laurine sûrement. Paniquée, Fanny compta à son tour les jours dans sa tête : elle aussi avait des impératifs, elle aussi devait rentrer, Arlette, les examens à l'hôpital, et Nadia, qui allait devoir assurer les remplacements supplémentaires. Elle fouilla dans sa poche, sortit son téléphone portable, regarda l'écran, constata qu'il n'y avait pas la moindre trace de réseau. Si la poisse avait une forme palpable, elle aurait la tronche d'une avalanche, c'était certain !

Brusquement, Emma se plia en deux, terrassée par une puissante contraction.

– 13 –

— Ça va pas ? s'inquiéta Kate à voix basse.

Emma, tout à sa douleur, n'eut pas la force de répondre : une deuxième contraction s'annonçait. Inconscient de ce qui était en train de se tramer dans son dos, Romain, lui, poursuivait :

— Je comprends bien que vous n'y êtes pour rien, mais je n'ai pas le choix, il faut absolument que je sois rentré demain soir. Il y a sans doute un moyen d'activer les choses…

Hélène secoua la tête, désolée :

— Non, aucun, je suis confuse, c'est comme ça ici, c'est la nature qui décide. Et nous, on n'a pas d'autre choix que de patienter…

Romain regarda autour de lui à la recherche d'une solution, comme si celle-ci pouvait se trouver dans un cadre accroché au mur. Le jeune homme, nerveux, dansait d'un pied sur l'autre.

— Des pneus neige, c'est fait pour, ça doit passer des pn…

Gnagnagna, quel crétin, ne put s'empêcher de penser Fanny. *Eh ben non mon gars, comme tu le vois, l'argent n'achète pas tout. On peut placer les vieux qu'on n'a plus envie de voir, mais les billets, ça fait pas fondre la neige...*

Pendant que Romain enfilait les jérémiades, Emma se replia en deux. Cette contraction-là était encore plus fulgurante que la première.

— Ça va pas ? répéta Kate, à haute voix cette fois, de telle sorte que l'attention de tous se déporte *illico* vers les deux jeunes femmes.

Pierre délaissa alors Michèle pour s'approcher d'Emma.

— J'imagine que c'est... à cause... les émotions... suggéra Kate, des larmes d'inquiétude au fond des yeux.

Le médecin à la retraite opina du chef avant d'aider Emma à se lever.

— Venez, montons dans la chambre, nous allons regarder ça. Il va falloir vous reposer.

Hélène regarda les deux jeunes femmes sortir de la pièce avec le docteur. Quand ils eurent disparu de son champ de vision et qu'on n'entendit plus que leurs pas dans l'escalier en bois, elle s'approcha de Lucien qui s'était remis en tête de faire tenir l'énorme sapin debout. Elle se mordait les lèvres.

C'est pas de bol que cette petite soit enceinte, songea-t-elle, *pas de bol du tout...*

Comme pour répondre à sa réflexion muette, Lucien lâcha un juron. Ce satané sapin ne voulait décidément rien entendre.

Les émotions de la journée poussèrent chacun dans sa chambre de bonne heure ce soir-là. Si Hélène s'était montrée rassurante quant au fait que les provisions ne manquaient pas et qu'on pouvait tout à fait tenir un siège pendant des mois si l'on y était obligé – ce qui ne serait pas le cas, avait-elle rappelé aux clients désarçonnés par sa réflexion –, l'angoisse était vive aux Cinq

Marmottes : être coincé à La Marmottière pendant un temps indéterminé, même si, bien entendu, personne n'allait mourir de faim ou de froid, ne constituait pas une perspective des plus réjouissantes. Parmi les clients les plus embarrassés par la situation, Emma et Kate détenaient sûrement la palme. Mais le destin veillait : il avait mis sur leur route un ancien médecin d'une grande gentillesse et très compétent. On pouvait donc dire que les deux jeunes femmes avaient, en quelque sorte, une sacrée chance dans leur malheur. D'ailleurs, deux heures plus tard, les contractions d'Emma s'étaient calmées.

Laurine avait apporté dans la chambre de quoi permettre aux jeunes femmes de se sustenter : deux portions de tartiflette fumantes, du pain, un verre de vin rouge pour Kate, une eau gazeuse pour Emma, deux coupelles de fromage blanc sur un lit de crème de marrons.

Elles étaient assises autour d'un petit guéridon qui faisait normalement office de table de nuit. Ce coup-ci, le petit meuble s'était vu reconverti en table de restaurant.

— On n'a pas une si *bad luck* que ça, quand on y pense, signala Kate, la bouche pleine.

— Sûrement…

Kate dévorait avidement le contenu de son assiette quand elle s'aperçut qu'Emma n'avait pas touché à la sienne.

— Pas faim ?

— Pas trop, non…

— Tu sais, ça va bien se passer. Et puis ce Michel va prendre soin de toi et du bébé…

Emma soupira :

— Ce n'est pas ça qui me tracasse, même si je préfèrerais de loin que les contractions s'arrêtent et que le bébé ne soit pas trop pressé de sortir…

— Il faudrait que tu lui parles…

Emma s'esclaffa. Mais une pointe de tristesse sourdait de son exclamation un peu forcée.

— À Bine ? Je le fais tout le temps, je suis certaine qu'il en a marre de m'entendre.

« Bine » désignait un haricot ou une fève au lard et à la tomate. C'était le surnom qu'elles avaient donné à l'enfant à naître.

— Non, c'n'est pas le bébé qu'j'avais dans la tête…

— …

Un voile sombre recouvrit le visage d'Emma. Kate prit sa main et se mit à pianoter doucement sur ses doigts.

— J'vois bien que ça t'fait du tort. Tu lui parles bientôt ?

— Oui, bientôt…

– 14 –

La nouvelle journée commença par une réunion au sommet. À l'issue du petit-déjeuner, Hélène convoqua tout le monde au petit salon afin de leur expliquer la marche à suivre et de répondre aux questions qui, elle n'en doutait pas, allaient être nombreuses. Lorsqu'ils furent au complet, elle s'éclaircit la voix.

— La radio de la station fonctionne, amorça-t-elle sur un ton débonnaire, nous avons pris soin de prévenir la vallée que tout le monde allait bien. J'ai également dit que nous avions la chance d'avoir avec nous un médecin, au cas où. Dites-vous qu'en cas de gros pépin, ils pourraient dépêcher un hélicoptère pour évacuer.

Kate se détendit en jugeant que c'était là une sacrée bonne nouvelle : si l'état d'Emma ne s'améliorait pas, il y aurait toujours un moyen de la ramener en bas.

— Je vous demanderai à tous de passer à la réception tout à l'heure pour fournir les noms et numéros de téléphone des personnes à contacter autour de vous. Je les transmettrai par radio à la vallée et ils appelleront vos proches pour leur expliquer la situation et les tranquilliser.

Cette petite femme énergique ressemblait à la responsable d'animation d'un club de vacances, en plein pot d'accueil. Avec sa posture et sa mine enjouée, elle aurait tout aussi bien pu annoncer que le buffet était servi de 19 à 22 h, qu'un tournoi de *beach-volley* aurait lieu le mercredi et qu'une soirée karaoké serait organisée à la fin du séjour.

Le ronronnement d'un moteur fit brusquement tourner la tête de quelques-uns en direction des vitres. Mais avec le tas de neige qui obstruait la vue, il était impossible de savoir de quoi il provenait. Une lueur d'espoir éclaira cependant la figure de Romain.

— Dites, intervint-il, c'est une voiture que nous entendons ?

— Ah ça, non, c'est la motoneige du gars de l'épicerie-poste-bistrot du village. Il nous apporte le courrier et deux-trois choses. Y a que ça qui passe avec cette neige.

— Mais des pneus hiv…

— Y a que ÇA qui passe avec cette neige… répéta d'une voix de stentor jurassien Lucien, qui venait juste de débarquer dans la salle.

Romain n'insista pas. Il se recroquevilla dans le col de son pull en mohair et ne moufta plus. Ce vieillard lui filait sacrément les jetons.

— La neige a durci pendant la nuit, reprit la propriétaire en levant un index joyeux, on peut marcher dessus. Ce qui est super, c'est que la pente et le tire-fesses ont été épargnés. Vous pouvez donc skier toute la journée ! Et ce, gratuitement !

Lilou et son frère lâchèrent un « *yes* » ravi tandis que les adultes, eux, n'étaient que perplexité.

— Cadeau de La Marmottière pour le désagrément, crut bon de préciser Hélène devant l'air dubitatif général.

Une heure plus tard, Lilou et Tom étaient fin prêts. Ils déambulaient dans le hall de l'hôtel, les pieds serrés dans des chaussures de ski. À côté d'eux étaient posées deux paires de skis, l'une un peu plus longue que l'autre. L'équipement, prêté par l'hôtel, n'était pas de premier choix mais les enfants s'en fichaient. Ils ne cachaient pas leur impatience à l'idée de s'élancer sur des skis, pour la première fois pour Tom, pour la deuxième pour Lilou.

Fanny les rejoignit. Elle aussi avait revêtu d'énormes chaussures qui lui conféraient une démarche de cosmonaute. Elle tenait une paire de skis à la peinture écaillée. Ses deux enfants ne manquèrent pas de se moquer de son allure de Bibendum constipé. C'était Lilou qui avait trouvé l'image, et elle n'était pas peu fière de sa métaphore.

Soyons honnête : Fanny n'avait aucune envie d'aller dehors et encore moins celle d'aller skier. Elle était bien trop soucieuse pour avoir le cœur à dévaler les pistes – enfin, la piste, puisque La Marmottière n'en avait qu'une seule. Elle avait si peur de ne pas être rentrée assez tôt pour accompagner Arlette à son rendez-vous médical. Pour une fois que sa mère avait besoin d'elle, elle qui avait toujours été là, elle ne se pardonnerait pas de ne pas pouvoir la réconforter si… À cette pensée, sa gorge se noua. Elle se morigéna de convoquer de telles horreurs : non, sa mère était indestructible. IN-DES-TRUC-TI-BLE.

Faire du ski ne la motivait donc absolument pas, mais était-ce une raison suffisante pour en priver Tom et Lilou ? Non, tant pis, elle prendrait sur elle.

Armés de leur attirail vétuste, ils sortirent de l'hôtel et grimpèrent avec difficulté le tas de neige. Ils avancèrent en direction du tire-fesses et de la pente, miraculeusement épargnés par la déferlante de la veille.

Avisant l'absence de mouvement de la remontée mécanique, Lilou exprima ses doutes dans lesquels émergeait une pointe de déception : « Si ça se trouve, elle s'est trompée, ça marche pas… »

Ils progressèrent encore, explorèrent vaguement les alentours. Il n'y avait apparemment personne. Un océan blanc sous un ciel obstinément grisâtre. Ça et là apparaissaient des traces de pattes que Tom, d'un œil expert, désignait comme étant assurément celles d'un caribou. « T'es vraiment grave, ma parole ! » s'échauffait Lilou. Sa frustration de ne pas pouvoir skier amoindrissait ses capacités à la tolérance envers l'obsession de son petit-frère pour les cervidés.

Fanny s'approcha de la cabine. À contre-jour, elle ne distinguait pas l'intérieur. Elle colla son nez à la vitre. Avant de s'en retirer en poussant un cri aigu.

– 15 –

Un homme aux traits burinés par le soleil et le temps venait de surgir de sous la vitre. Fanny évalua son âge, à la louche, entre 150 et 300 ans. Il avait deux tout petits yeux, coincés dans deux fentes minuscules, des cernes profonds soulignant des globes creusés à la pioche, des cheveux blancs collés sur le crâne, trois dents manquantes dont l'absence donnait à sa bouche l'aspect d'un gouffre profond prêt à vous avaler. Son menton fuyant achevait de le rendre parfaitement angoissant.

Fanny avait sursauté. Les jambes chancelantes, elle s'employa à se remettre d'aplomb sans rien laisser paraître et à calmer son cœur qui battait à tout rompre. Le vieillard, lui, entrebâilla la fenêtre de son local.

— Je peux vous aider ? demanda-t-il sur un ton qui ne laissait subsister aucun doute sur le fait qu'il valait mieux répondre par la négative.

Instinctivement, la jeune femme chercha la main de ses enfants. Elle bredouilla un ou deux mots avant d'être devancée par Lilou.

— C'est pour le ski…

Le vieux lorgna du côté de la fillette et la dévisagea de haut en bas. Mal à l'aise sous le projecteur du regard étrange, la gamine se rétracta, regrettant déjà son intervention. La luge devenait soudain une option tout à fait envisageable, au diable le ski, la frustration, elle s'en accommoderait bien.

— Hum hum, j'arrive… fit-il en renfermant la vitre.

La gorge sèche, Fanny réalisa qu'une petite porte en bois venait de s'ouvrir. L'homme sortit et écrasa la neige de son pas traînant. Il était trapu et court sur pattes. Il chiquait du tabac et le recrachait sans cesse. L'espace d'une seconde, elle pensa qu'il était typiquement le genre de rencontre qu'elle n'aimerait pas faire sur une route déserte les soirs de pleine lune. Le vieil homme avait une drôle d'allure et ne lui inspirait aucune confiance. Elle n'aimait ni le regard torve qu'il posait sur ses enfants, ni la façon qu'il avait de renifler profondément, ni la mine renfrognée qu'il arborait. Pour faire court, elle ne le sentait pas. Pas du tout.

Elle repensa brièvement à Lucien. *Décidément*, se dit-elle en ne sachant pas si elle devait en rire ou en pleurer, *à part Hélène, les personnes âgées du coin ont toutes un pète au casque.*

Elle décida cependant de prendre sur elle. Pour Lilou. Elle s'arma de courage et interrogea l'homme :

— Vous savez où se trouve la personne qui s'occupe du tire-fesses ?

L'homme cracha. Une giclée marronnasse vint s'écraser sur la blancheur immaculée.

— C'est moi qui fais ça…

— Ah, c'est vous ? balbutia-t-elle.

À votre âge ? se retint-elle d'ajouter.

Mais l'autre ne fut pas dupe de son étonnement. Il expliqua :

— Y a plus de jeunes par ici, on les a bouffés !

Devant la figure incrédule de la jeune femme, le montagnard explosa d'un rire sardonique qui faisait la part belle à ses trous dentaires.

— Je vais le mettre en route, annonça-t-il enfin en raclant le fond de sa gorge à la recherche d'un magma de salive et de tabac. Dites, vos petits, i'savent faire ?

Fanny regarda les perches antiques qui grinçaient dans le vent. À cet instant, elles lui apparurent aussi engageantes que des instruments de torture du XIXe siècle. Quant au vieux bonhomme face à elle, il aurait très bien pu faire office de bourreau. Il avait en tout cas la tête de l'emploi.

— Un peu, oui.

— Vous devriez entraîner le petit à descendre avant. Le temps que j'amorce la remontée…

Raoutch, nouvel atterrissage de tabac mastiqué dans la neige.

— Euh oui, je suppose que vous avez raison.

Telle une fillette prise en flagrant délit de négligence, Fanny, penaude, entraîna ses enfants vers le début de la piste. Lilou montra à Tom comment enclencher ses skis et tenir les dragonnes de ses bâtons. Tous les trois montèrent sur un mètre, à la queue-leu-leu et en escalier. Tom fermait la marche. Au bout d'un moment, Tom fatigua : il tomba sur Lilou qui, à son tour, s'écroula sur Fanny. Trois dominos perdus dans la montagne. Ce n'était pas gagné.

À force de patience, Tom parvint à monter. Puis à descendre. Assez rapidement, pour la plus grande joie de Lilou qui commençait à trouver le temps long, on put envisager de s'engager sur le tire-fesses.

Ce dernier fonctionnait à vide depuis une bonne dizaine de minutes. Les perches brinquebalaient dans un bruit de ferraille lugubre, d'autant plus angoissant que c'était le seul bruit que la neige n'assourdissait pas.

— Allez, on y va, supplia Lilou.

Mais Tom secoua la tête d'un air boudeur. Exténué par les efforts précédents, monter sur cet engin de malheur était au-dessus de ses forces.

— Essaye au moins, tenta de l'amadouer Fanny.

— Non !

Il déchaussa ses skis et partit cahin-caha s'asseoir à plusieurs mètres de là. Contre toute attente, il fondit en larmes. Fanny le rejoignit, pendant que Lilou chevauchait une perche et commençait seule son ascension.

— Mais… mon Tommy… pourquoi tu pleures ?

Le visage gercé par le froid et le sel de ses larmes, le garçonnet était inconsolable.

— Si tu ne m'expliques pas, je ne pourrai pas t'aider, insista gentiment Fanny.

Tom prit sa respiration et bafouilla :

— J'ai pas… encore… vu… de caca… caribou… si ça s'trouve… y en a même paaaaaaaas…

Les pleurs repartirent de plus belle. Fanny était désespérée, cette histoire de caribou prenait une ampleur désespérante. Mais autre chose semblait attrister l'enfant ; il poursuivit dès que ses pleurs laissèrent à ses mots assez d'espace pour se faufiler.

— Papa me manque, articula-t-il en passant sa manche sur sa peau irritée, j'aurais bien aimé qu'il me montre comment on fait du ski.

Face à son fiston malade de ne pas pouvoir partager ce moment avec son père, le cœur de Fanny se mua en une éponge molle gorgée d'amour et de chagrin. Elle serra Tom dans ses bras aussi fort qu'elle le put.

Brusquement, un cri résonna dans la montagne. La mère et l'enfant se retournèrent de concert.

Lilou était couchée sur le ventre, la tête dans la neige, tout près des perches qui continuaient inlassablement leur ballet de va-et-vient. Le vieillard se tenait à moins d'un mètre d'elle, enfermé dans un silence de mort, les mains solidement ancrées à sa taille, les yeux brillants d'une lueur dénuée de la moindre compassion. « Chut » faisait son index tordu posé au milieu de ses lèvres jaunies.

Fanny lâcha son fils et s'élança vers sa fille, non sans lancer un regard inquisiteur au vieil homme.

— Rien de cassé ? demanda-t-elle à Lilou.

La gamine renifla en secouant la tête de gauche à droite. À nouveau, Fanny lorgna du côté de l'impassible vieillard qui n'en finissait pas de chiquer son maudit tabac.

Quelque chose en elle, qui tenait de la louve, soudain, se réveilla. Se pouvait-il que cet homme bizarre ait sciemment provoqué la chute de Lilou ? Un peu plus tard, lorsqu'elle interrogerait sa fille, Lilou nierait, évidemment, que le vieil homme ait eu le moindre lien avec sa culbute dans la neige. Pourtant, Fanny n'était pas folle, ce signe en forme de « chut », elle ne l'avait pas rêvé.

Mais l'esclandre n'était pas au programme. Aussi, la jeune femme décida simplement que la séance de ski avait assez duré, chacun ayant eu son lot de larmes et d'émotions pour la matinée. Il était temps de rebrousser chemin, un chemin sur lequel ils croisèrent une Laurine et un Pierre visiblement déconfits de les trouver sur leur passage.

— Nous cherchions des plantes pour mon épouse, bafouilla Pierre comme s'il cherchait à se justifier, elle est naturopathe…

Laurine était rouge pivoine. Était-ce la gifle du froid qui attaquait sa peau d'ordinaire si blanche, ou la gêne d'avoir été prise la main dans le sac ?

Fanny repensa à Michèle, à son sourire communicatif, à sa façon d'embrasser son mari tendrement pour le remercier, à sa gaieté, à son petit chien au nom exotique. Elle se souvint de cette bouffée d'amour qu'elle avait ressenti en les voyant ensemble, à quel point elle avait envié leur bonheur simple d'être heureux et amoureux, d'être deux tout simplement. Elle eut la nausée de s'être autant fourvoyée.

Décidément, se dit la jeune femme qui commençait doucement à revoir sa position au sujet de l'humanité, *entre ces horribles vieux qui filent la trouille et l'histoire cruellement ordinaire de ce mari qui profite d'un séjour à la montagne pour tromper sa femme avec une fille qui pourrait justement être la sienne, on aurait mieux fait de rester chez nous.*

Dans quelle galère avait-elle emmené ses enfants ? Elle allait compter les jours jusqu'à l'arrivée des chasse-neige, c'était certain.

– 16 –

Lorsqu'ils pénétrèrent dans le hall, ils tombèrent sur Romain. Le jeune homme tenait son portable à la main, le levait très haut, le baissait très bas, et se déplaçait sans lâcher des yeux l'écran en grommelant des « pas de réseau » à tout bout de champ.

Dès qu'il aperçut Fanny, il se dirigea vers elle.

— Vous accepteriez de me prêter votre téléphone ? J'ai un coup de fil urgent à passer…

— À votre grand-père, je suppose, répliqua une Fanny amère.

Cette fois, l'autre ne se démonta pas et para l'attaque.

— Non, je vous l'accorde, ce n'est pas mon grand-père que je vais appeler. Figurez-vous que j'ai des obligations. Croyez bien que je suis navré pour vous si vous, personne ne vous attend.

Vlan. Celle-là, Fanny ne l'avait pas vue venir. Ses idées titubèrent sous le choc du coup porté. Elle fut incapable de répondre. Pourtant si, quelqu'un l'attendait. Sa mère, n'en déplaise à cet homme prétentieux, avait besoin d'elle. Mais elle prenait sur elle et n'emmerdait pas le monde avec ses problèmes. D'ailleurs, elle n'avait pas de leçon à recevoir d'un homme d'une telle arrogance.

Les larmes montèrent aux yeux de la jeune femme. Se rendant compte qu'il était allé trop loin, Romain se radoucit. Après tout, cette fille avait quelque chose qui la lui rendait sympathique, un il-ne-savait-quoi d'attendrissant. Sans doute pressentait-il le drame qui se cachait derrière la façade de justicière de la jeune aide-soignante.

— Je suis désolé, je n'aurais pas dû…

Fanny secoua la tête d'un air maussade et haussa les épaules.

— Oh, laissez tomber. J'imagine que c'est de bonne guerre, ce n'était pas correct de vous agresser comme ça…

Puis, la voix ébréchée, elle s'adressa à ses enfants en les emmenant vers le salon :

— On va manger…

— Et pour le portable ? rappela Romain avant qu'elle s'échappe. Vous me prêteriez le vôtre ?

Fanny soupira. Le type était un indécrottable, un obsessionnel. Il n'y avait rien à en tirer. Pauvre nature humaine.

— Marche pas non plus, comme le vôtre… souffla-t-elle.

— Vous en êtes sûre ?

Elle fronça les sourcils et le fixa de ses yeux verts, avant de céder. Elle sortit son mobile de sa poche et le planta à quelques centimètres de son museau.

— Là, vous êtes content ?

Les épaules de Romain s'affaissèrent.

— Eh merde, prononça-t-il, comment je vais faire ?

Il avisa alors le vieil homme qui était assis derrière le comptoir face à l'ordinateur de la réception. La souris s'agitait sous sa grosse pogne calleuse dans un bruit de plastique. Soudain parcouru d'espoir, Romain s'approcha de Lucien dont le visage s'éclairait par intermittence à la faveur des images projetées par l'écran. C'est du moins ce qu'il supposa.

— Dites, la ligne téléphonique de l'hôtel n'est pas encore remise ?

Lucien secoua la tête de gauche à droite sans prendre la peine de le regarder.

— Bon… et internet… j'ai l'impression que vous avez internet maintenant, je pourrais envoyer un mail et…

Rebelote, Lucien ballotta la tête en signe de négation.

— Mais là, vous êtes bien sûr int… protesta Romain en penchant le buste par-dessus le comptoir pour voir ce que trafiquait le vieil homme sur l'ordinateur.

Lucien appuya instantanément sur le bouton *Power* de l'écran. Celui-ci devint tout noir sous les yeux ronds d'étonnement du jeune homme.

— Mais… mâchouilla-t-il avec l'air d'un gamin qui vient de subir une injustice flagrante.

Il n'en dit pas davantage. Lucien se leva avec la lenteur d'un ours tout en glissant un regard acéré à Romain dont la bouche ouverte n'était pas sans rappeler le poisson en pleine asphyxie.

— Y a pas internet.

— Mais enfin, vous… Le wifi est peut-être endommagé mais la connexion filaire… plaida-t-il encore, d'une voix étranglée par l'incompréhension.

— Y A PAS INTERNET. POINT FINAL, martela Lucien de sa voix grave et profonde.

Romain sursauta. Même Monsieur Chang, qui explorait le hall d'entrée et menaçait de lever la patte sur la reproduction en bois d'une marmotte géante, se mit à grogner.

Fanny avait assisté à la scène. Elle commençait à se dire que ça ne tournait pas très rond par ici. Que ces vieillards n'étaient pas seulement une belle brochette d'allumés, qu'il y avait quelque chose d'autre. Quelque chose qui commençait à l'angoisser sérieusement. Perdus au milieu de cette montagne, coincés par l'avalanche sans possibilité de retour imminent ou de contact, ils étaient à la merci des habitants étranges de La Marmottière.

Et l'inquiétude commença à prendre toute la place…

– 17 –

Michèle lisait près de la cheminée. Ce n'était pas un livre qu'elle tenait entre les mains mais un épais tapuscrit qui s'intitulait *Nature, bien-être et joie de vivre : comment les plantes vous rendent heureux*. Son nom était inscrit sous le titre. Un stylo à la main, elle annotait en vert des passages entiers, dessinait des flèches, traçait des cadres et des points d'exclamation. Près d'elle était posé un tas de post-it. De temps à autre, elle en détachait un et le collait sur le coin d'une page.

Son éditeur lui avait commandé la totalité des corrections pour la fin du mois de janvier. Elle allait pouvoir tirer profit de cette avalanche qui les clouait ici. Finalement, tout ce calme, assorti à cette atmosphère un peu surréaliste qui régnait aux Cinq Marmottes depuis que la cascade de neige les retenait prisonniers, n'était pas pour lui déplaire. Et puis, Pierre était là, que pouvait-elle bien demander de plus à la vie ?

— Tu lis quoi ? demanda Tom en s'installant à côté de la soixantenaire.

La femme enleva ses lunettes et sourit à l'enfant.

— C'est un livre que j'écris…

— Ah ? fit le garçonnet avec intérêt. Tu as déjà écrit un livre sur les caribous ?

Michèle se retint de rire.

— Non, répliqua-t-elle en faisant son possible pour garder son sérieux, mais c'est une piste que je vais envisager, tu as raison, les caribous ont sans doute beaucoup à nous apprendre.

Le petit garçon approuva d'un air sérieux. Ses jambes, trop courtes pour atteindre le sol, se balançaient dans le vide. Pendant une dizaine de secondes, il s'amusa à gonfler ses joues et à appuyer dessus avec son index pour les faire dégonfler dans une succession de petits prouts.

— Et c'est un livre sur quoi que tu écris, si c'est pas sur les caribous ? demanda-t-il encore.

— Eh bien, c'est un livre sur les plantes, sur tout ce qu'elles peuvent nous apporter.

— Tu as mis la plante que ton mari t'a donnée tout à l'heure dans ton livre ?

Michèle réfléchit. Une plante ? Tout à l'heure ? Le petit devait confondre. Elle arqua un sourcil, étonnée.

— Mais si, persista Tom, quand on l'a rencontré av…

Fanny, qui avait tout entendu, s'immisça dans la conversation et stoppa net son fils avant qu'il dévoile le pot aux roses.

— Arrête d'embêter la dame mon Tommy. Viens, je vais te montrer un truc dans la chambre.

Puis, se tournant vers Michèle :

— Je suis navrée, il est mignon mais il ne sait pas toujours s'arrêter…

Fanny avait chaud et avait la vilaine impression que son embarras était un phare au milieu de son visage.

— Je vous en prie, ne vous excusez pas que votre fils soit plein de vie, il est adorable, répondit la naturopathe sur le ton empreint de bienveillance dont elle était coutumière.

Mal à l'aise, la jeune femme s'excusa encore avant de prendre la main du petit garçon et de l'éloigner prestement. Ouf, c'était moins une. Un peu plus, et Tom atomisait ce séjour déjà sacrément problématique.

Lilou, elle, était à l'extérieur, occupée à faire une petite tombe au-dessus de l'emplacement de feu le bonhomme de neige qui, malheureusement, n'avait pas survécu à l'avalanche. Elle était morose. Le manque que Tom avait exprimé un peu plus tôt, sur la piste, l'avait renvoyée à son propre chagrin. Bien qu'elle en parle peu, elle pensait souvent à son père, à toutes ces choses qu'ils avaient faites et à toutes celles qu'ils n'expérimenteraient jamais. Évoquer le sujet avec sa maman n'était pas simple pour la fillette qui se refusait à prendre le risque de faire la moindre peine à Fanny. Alors elle se débrouillait toute seule avec sa tristesse. La plupart du temps, elle s'en sortait. Mais il suffisait de peu pour que déborde le vase de son chagrin ; le fait d'avoir vu son frère si malheureux tout à l'heure l'avait inondée d'une sourde mélancolie.

Elle venait de finir d'attacher ensemble deux branches qui à présent formaient une croix. Elle avait l'intention de planter cette croix dans la neige et d'écrire « Cari Bou » en lettres majuscules. Elle prononcerait ensuite une homélie rapide et digne en hommage à celui qui n'aurait jamais l'occasion d'être le gardien des Cinq Marmottes. Et puis, parce qu'elle sentait confusément que la vie renaît toujours, elle donnerait à ce bonhomme de neige un ou deux petits frères – ou des bébés, la messe n'était pas encore dite sur cette question – qu'elle façonnerait à côté de la tombe. *Ils te tiendront compagnie et tu pourras les regarder jouer*, se disait-elle.

Mais ses projets avortèrent.

Alors qu'elle s'apprêtait à enfoncer les bâtons dans le monticule de neige, elle fut attirée par un vrombissement de moteur et un éclat de rire féminin. Piquée par la curiosité, elle ne put s'empêcher de faire quelques pas en direction du véhicule qui ronronnait. Près de l'entrée de service, elle découvrit une main qu'on rentra vivement à l'intérieur et une motoneige qui venait d'être démarrée par un jeune homme emmitouflé de la tête aux pieds.

Venu apporter le courrier et quelques bricoles, l'employé de l'épicerie-poste-bistrot repartait maintenant vers le village. Lilou contempla l'engin jusqu'à ce qu'il soit avalé par l'horizon. Tandis que le silence enveloppait de nouveau la montagne, une idée émergea. Une idée comme seuls les enfants savent en avoir.

– 18 –

Après un repas pris dans un mutisme tracassé, Hélène, cherchant à détendre l'atmosphère, annonça que des jeux de société étaient disponibles dans le salon. Échecs, Monopoly, Puissance 4 et autre scrabble faisaient partie des nombreuses et excitantes distractions offertes par les Cinq Marmottes à ses hôtes.

— On a un Uno à prêter ! avait enchéri Tom.

Personne, sauf les enfants et Monsieur Chang, petit chien au cœur chaud devant l'Éternel, ne témoigna un enthousiasme débordant à l'idée de cette veillée de jeux de société. Mais Hélène avait cette bonne humeur communicative qui la rendait unanimement sympathique. Aussi, pas un, ce soir-là, n'osa refuser de participer.

Quand ils entrèrent dans le salon volontairement baigné de pénombre où les flammes rougeoyaient, ils furent surpris de découvrir que des diodes multicolores clignotaient dans le coin. Adultes et enfants écarquillèrent les yeux. Tout à coup, la lumière s'alluma. Un soupir d'émerveillement se répandit aussitôt dans la petite assistance. L'immense sapin, traîné comme un sac de pommes de terre la veille, avait été habillé en Noël.

Des boules rouge et vert métallisé pendaient au bout des branches, des guirlandes dorées serpentaient entre les épines, une gigantesque étoile argentée trônait tout en haut. Ce sapin, qu'on n'attendait pas compte tenu des circonstances, était un cadeau splendide.

— C'est vous qui avez fait ça ? demanda Michèle à Lucien, le ravissement prenant le pas sur la nervosité qu'elle ressentait d'ordinaire au contact du vieil homme.

— Faut bien, répondit le vieil acariâtre bourru en observant du coin de l'œil le manège des clients qui tournaient autour du sapin comme des oisillons autour de leur mère.

Et en s'écartant de Michèle, il grommela :

— Ça va pas se faire tout seul…

Au début, chacun s'établit avec son clan : Emma et Kate entamèrent une partie d'échecs, Pierre et Michèle se lancèrent dans une bataille de petits chevaux endiablés, Fanny et ses enfants jouèrent aux cartes, Laurine provoqua Hélène dans un duel au Puissance 4.

Romain était scotché à la fenêtre, son portable dernier cri inutile au creux de sa paume.

Franck, quant à lui, lorgnait Fanny. Il amorça un mouvement, se cogna contre un guéridon, réprima un juron, vint se poster près d'elle, et entama la conversation.

À partir de là, sans qu'on sache trop comment – sans doute parce que la décoration merveilleuse du sapin avait réchauffé les cœurs –, les équipes se mélangèrent et la magie opéra. Au bout d'une demi-heure, Kate riait avec Pierre, Emma s'entretenait très sérieusement avec Fanny et Franck, Michèle dissertait sur les bienfaits de la sauge pour éviter l'oxydation de la peau auprès d'Hélène qui l'écoutait religieusement, et Romain bataillait avec

Lilou et Tom au sujet d'une règle biscornue qui permettait de jouer à trois à la bataille. Quant à Monsieur Chang, il parcourait allègrement les cuisses des participants à la veillée, trop heureux de pouvoir varapper à sa guise.

— … vous savez Fanny, vous êtes très belle et je vous soupçonne de ne pas savoir à quel point vous pourriez faire tourner les têtes. Vous avez cette simplicité, doublée de cette force de caractère qui perce à chaque fois que vous ouvrez la bouche, je… Franchement, Emma, vous n'êtes pas de mon avis ?

Emma hocha la tête poliment tout en réfrénant son envie de rire. Ce type n'avait vraiment pas froid aux yeux.

Sans réaliser que Fanny ne l'écoutait pas et qu'Emma était au bord de l'implosion tant elle se retenait de rigoler, le vendeur d'aspirateurs maintint son cap :

— Ne perdez pas mon numéro de téléphone, Fanny, il faut absolument qu'on reste en contact. Je sens que vous et moi… comment dire… vous croyez aux vies antérieures ? J'y crois beaucoup et j'ai la sensation très forte que nous sommes liés, d'une façon ou d'une autre, comme si nos âmes avaient déjà vécu une histoire… Vous voyez ce que je veux dire ?

Fanny acquiesça distraitement. En réalité, elle n'avait rien compris au caquetage du représentant. Elle n'avait pas écouté, trop absorbée par autre chose…

Par cet homme qui, à l'autre bout de la pièce, faisait sourire ses enfants.

Ils s'amusent tellement…

— Et la numérologie, vous y croyez ?

Tom et Lilou mes trésors, si vous saviez comme j'aime vous voir rire…

— Je m'y connais un peu vous savez, donnez-moi votre date de naissance, je pourrai calculer votre nombre…

C'est étrange, jamais je n'aurais pensé qu'un type comme lui puisse être complice avec des enfants…

— Je vous écoute, quelle est votre année de naissance ?

Au fond, il est peut-être plus sympa qu'il n'en a l'air…

— Oh oh, Fanny, insista Franck en secouant sa main devant l'aide-soignante, je sens que la Lune vous enlève…

Ça ne l'excuse pas d'être aussi égoïste…

Emma, elle, se régalait : ce pauvre Franck n'était vraiment pas très doué en matière de femmes.

– 19 –

Cette nuit-là, Romain eut beaucoup de mal à s'endormir. Était-ce le fait d'avoir joué toute la soirée avec les gamins de cette aide-soignante enragée qui avait réveillé son abattement ?

Parce que les enfants, c'était son truc. Ça l'avait toujours été d'ailleurs. Et il devait convenir que ceux-là étaient particulièrement attachants. Il aimait cette faculté chez eux à ne pas juger à l'emporte-pièce et l'entrain continu qu'ils témoignent aux choses simples. Auprès d'eux, il n'est pas nécessaire de tricher, ils vous acceptent tel que vous êtes. Rien à voir avec les adultes, auprès desquels il faut souvent se montrer sous son meilleur jour, quitte à faire semblant, quitte à tricher. Voilà pourquoi il préférait en général leur compagnie à celle de leurs parents.

C'était ce rapport particulier qu'il entretenait à l'enfance qui l'avait conduit dans le monde du jeu vidéo. Sa femme le lui reprochait souvent.

« *Tu n'es qu'un gosse.* »

« *Et ça ne te gêne pas, toi, de rester à la maison toute la journée, à pianoter sur un ordinateur ?* »

« *Grandis un peu ! Le monde, ce n'est pas de courir après des zombies dans un centre commercial, ou d'exploser à tout va des lignes de bonbons !* »

La vérité, c'est que Romain n'ambitionnait ni de devenir riche ni d'avoir une carrière internationale, ce qui, du point de vue de son épouse, se résumait à un manque total d'ambition. Mais elle se trompait, voilà ce que Romain ne parvenait pas à lui faire comprendre. Revêtir un costume trois-pièces fabriqué sur mesure et courir d'une réunion à l'autre sur tous les continents n'étaient pas l'unique voie vers le bonheur. Pour lui, c'était même tout le contraire.

« *Tu pourrais te trouver un boulot plus rentable. Tu aurais au moins pu tenter le coup six mois dans l'entreprise de mon père !* »

Parlons-en de l'entreprise du beau-père. Pour faire plaisir à Carole, il avait accepté d'intégrer le service *Digital Marketing* – en anglais dans le texte, vu que c'est toujours en anglais dans le texte dans ces cas-là – et d'endosser les habits du parfait consultant, cravate, chaussures classes, pantalon ajusté, chaussettes un-peu-fun-mais-pas-trop pour montrer qu'on est dans le coup. Réunions, *PowerPoint*, voiture de fonction, séminaires au Concorde Lafayette et bavardages autour de la machine à café étaient devenus son lot presque quotidien. Mais la mutation de l'éternel adolescent en *businessman* tant espérée par Carole n'avait pas opéré : au bout de trois mois, il s'était senti mal, comme un singe déguisé enfermé dans une cage dorée. Ce n'était pas son univers, ce n'était pas sa place, il ne pouvait pas lutter contre sa nature profonde.

Pour Carole, la démission de son mari avait été dure à encaisser. Elle qui était tellement à l'aise dans ce milieu qu'elle fréquentait depuis sa plus tendre enfance avait les plus grandes difficultés à concevoir qu'on puisse ne pas aimer ça. Il faut dire qu'elle ne vivait que pour son boulot. Carole était une femme carriériste qui ne rechignait pas à faire des sacrifices. C'est ainsi qu'elle obtenait tous les postes qu'elle briguait, les contrats qu'elle convoitait, l'argent qu'elle souhaitait. Au prix de sacrifices. Et c'est toujours sa vie privée qui se retrouvait sur l'autel, prête à être hachée menue, devant le Dieu Réussite.

Et il était hors de question qu'un bébé vienne perturber son autoroute : à ses yeux, un enfant n'était qu'une entrave.

« *Je ne peux pas me permettre de m'arrêter maintenant, tu ne te rends pas compte ! Il y a ce dossier avec la Bank of China, ce partenariat avec Chanel, les relations que j'ai construites avec Colgate. Une absence de deux mois, c'est le tsunami assuré ! Et puis, franchement, c'est important la silhouette dans mon métier. Il faut que je présente bien. Toi, bien sûr, tu ne peux pas comprendre, avec tes jeans déchirés et tes sweats à capuche. Mais dans mon milieu, c'est primordial. Dix kilos de plus et je ne serai plus bonne qu'à faire les photocopies et apporter le café. Regarde cette pauvre Delphine, trois mioches et elle s'est transformée en cheval. Résultat des courses (c'est le cas de le dire...), ils l'ont collée au standard. Tu m'imagines, moi, une simple standardiste ? Plutôt crever ! Et puis, comment on ferait pour payer les maisons, les voitures et tout le reste ? C'est pas sur toi qu'on pourrait compter, n'est-ce pas ?* »

Pourtant, cet enfant, Romain en rêvait.

Ils avaient eu cette discussion une bonne dizaine de fois. Mais le constat ne changeait pas, Carole refusait de revoir sa position et prenait l'entêtement de Romain pour le signe évident d'un manque patent de maturité.

Bien sûr, il opposait à sa femme que le bonheur ne se comptait pas en euros sur un compte bancaire, qu'il n'était pas fonction du nombre de soirées mondaines auxquelles on était invité, qu'on pouvait très bien être heureux dans une existence sans villa sur la Côte d'Azur et sans Porsche Cayenne. « *Ah,* lui avait-elle rétorqué une fois sur un ton mêlant dépit et dédain, *tu ferais moins le malin dans une Twingo.* » Carole était une femme dure ; à force, il s'était habitué à avaler des couleuvres.

Entre eux, cela n'avait pas toujours été comme ça. Au début, ils s'étaient aimés. Passionnément. Il avait été séduit par sa force, son énergie, son esprit d'indépendance, cette capacité à obtenir tout ce qu'elle voulait. Elle, elle aimait son mépris des conventions, ses discours passionnés, sa propension à rêver. Elle portait aux nues son humour, il adorait son rire. Pourtant, peu à peu, l'amour s'était étiolé. Au fil du temps et des disputes, Romain avait réalisé que leurs envies étaient devenues bien trop différentes pour espérer se rejoindre un jour. Chacun enfermé dans l'incompréhension de l'autre, leur couple s'abîmait. Aucun des deux ne faisait plus l'effort de faire un pas vers l'autre. Leur relation n'était plus qu'un tas de cendres.

De temps en temps, elle l'emmenait avec elle. Elle le montrait, comme un chasseur gonfle le torse devant sa prise, un cavalier fier de sa monture – décidément, les chevaux, on y revient toujours… Avec ses grands yeux bleus, ses traits fins et sa jolie prestance, Romain était très bel homme. Carole, elle, n'avait rien à lui envier : grande, élancée, les jambes parfaitement galbées perchées sur des talons hauts, le visage symétrique, le nez droit, un maquillage discret mais efficace, les cheveux blonds à l'aspect coiffé décoiffé savamment étudié, son épouse était ce qu'il était communément admis d'appeler une bombe. À eux deux, ils donnaient l'illusion parfaite d'un couple idéal, qui ferait de beaux enfants. *La bonne blague*, se disait amèrement Romain quand il entendait ce genre de réflexions débiles.

La plupart du temps, Romain était seul à la maison : il développait des jeux vidéo pour smartphones qui lui assuraient un revenu élémentaire, effectuait les tâches ménagères, cuisinait et faisait en sorte d'offrir à Carole, sinon la vie qu'elle souhaitait – pour ça, c'était fichu, il ne se faisait aucune illusion –, au moins l'intendance qui lui permettait d'être le plus disponible possible pour ses activités extérieures. Au mieux, il était devenu un majordome dans sa propre maison. Au pire, il faisait partie des meubles.

Bref, le couple de Romain battait de l'aile. Depuis plus de trois ans maintenant. Il en était malheureux comme les pierres.

Et cette avalanche qui le coinçait dans ce maudit hôtel n'arrangeait pas son problème. Carole avait été très claire : « *Le réveillon de Noël, c'est chez mes parents, tout le monde sera présent, tu dois être là.* » Il avait promis.

Je dois être là, se répéta-t-il dans la nuit noire, tandis qu'il comptait les jours qui le séparaient du 24 décembre.

Le mercredi s'achevait, le réveillon avait lieu le samedi. Ce qui lui laissait trois jours. Trois minuscules petits jours durant lesquels il allait devoir prier que les chasse-neige fassent leur apparition, ce qui, si on en croyait les paroles d'Hélène, était loin d'être garanti.

Il faut parfois savoir être patient, la vie est aussi faite de ces moments-là, voilà ce que l'hôtelière lui avait opposé sans se départir de son petit sourire aimable et professionnel. La belle affaire, c'était simple pour elle d'attendre que les employés de la voirie daignent lever le nez vers la montagne, rien ne l'obligeait, elle, à descendre.

Le pire, c'est qu'il ne pouvait même pas appeler Carole. Il supposait que l'information avait bien été transmise, que les proches avaient été prévenus. C'est ce qu'avait assuré Hélène en tout cas. Mais ce n'était pas la même chose qu'une conversation directe. Il imaginait d'ici la nervosité de sa femme à l'idée que tout ne soit pas totalement planifié, sous contrôle. Elle devait être folle de rage. Contre la neige, contre la montagne, contre le Jura, contre le monde entier, contre lui.

Et ce type bizarre, à la réception, qui prétendait qu'il n'y avait pas internet…

Romain regrettait d'être venu.

– 20 –

Une nouvelle aurore se répandit sur La Marmottière. Deux jours après l'avalanche, les animaux sauvages commençaient à reprendre leurs marques : des traces de pattes témoignaient de leur passage nocturne. La montagne jurassienne était riche d'une faune extrêmement variée, ce qu'auraient certainement pu remarquer les pensionnaires des Cinq Marmottes s'ils n'avaient pas été si préoccupés par leur confinement involontaire dans cette jolie région.

Ah, la Marmottière, paisible station familiale, à des années-lumière de l'effervescence d'un Morzine ou d'un Courchevel ! Voilà l'un des arguments fièrement affichés sur le site internet du syndicat d'initiative.

« Une station pour tous les âges et toutes les envies, tenue par des habitants chaleureux qui seront ravis de vous accueillir selon la pure tradition jurassienne pour des vacances sereines. »

C'était cocasse.

Oh, bien sûr, la soirée de la veille avait mis un peu de baume au cœur aux occupants prisonniers des neiges mais chacun s'inquiétait de voir ses plans ainsi chamboulés.

Fanny ne dérogeait pas à la règle. L'idée de ne pas pouvoir se rendre à l'hôpital avec sa mère la chiffonnait. Cela la ramenait à ces heures sombres, lorsqu'elle n'avait pas pu être présente aux côtés de Sébastien alors qu'un médecin blasé lui annonçait son cancer. Fanny ne doutait pas qu'Arlette comprendrait aisément la situation. Ce qui la tourmentait en revanche était que sa mère soit seule au moment de la révélation du diagnostic dans le cas où ce dernier serait…

Elle chassa ses pensées funestes par un coup de brosse sur ses cheveux fins et trop plats. Elle qui avait toujours rêvé d'une chevelure de sirène n'avait que des baguettes ternes et informes, des pointes sèches, des racines grasses. *Tout pour plaire*, ironisa-t-elle en comptant le nombre de ses cheveux arrachés par les poils de la brosse synthétique.

De toute façon, ce n'était pas comme si elle avait envie de plaire. Plaire était même le cadet de ses soucis. Pour plaire, il fallait avoir du temps et elle en manquait. Pour plaire, il fallait avoir de l'assurance et elle était née sans la moindre goutte de ce fluide. Pour plaire, il fallait en avoir envie et elle en avait autant envie que de manger des radis à 10 heures du matin. Pour plaire, enfin, il fallait avoir quelqu'un à séduire. Et mis à part ses amis et sa famille, tous les gens étaient devenus gris depuis la mort de son mari.

Ce matin-là, Fanny entama donc sa journée par un tour à la réception. Évidemment, elle n'était pas la seule devant le comptoir : Kate, Michèle, Franck et Romain, à qui elle adressa un signe de tête poli, étaient eux aussi descendus dans le but de prendre des nouvelles des chasse-neige qu'on attendait comme le messie.

Hélène ne cessait de répéter ce qu'elle s'évertuait à faire comprendre à ses clients depuis presque quarante-huit heures, à savoir qu'elle n'en savait pas plus qu'eux, que les chasse-neige monteraient quand ils monteraient, qu'il fallait prendre son mal en patience, que tout vient à point à qui sait attendre, qu'il fallait voir le bon côté des choses, qu'on avait de l'électricité, des vivres, une radio, que c'était bientôt Noël et que hauts les cœurs.

— Avec Emma qui a un pain au four, vu comment ça gigote là-dedans, t'sé, y a de quoi manger ses bas… déplora Kate.

— Quoi qu'il arrive, mon mari pourra vous venir en aide, tenta de la rassurer Michèle qui, par bonheur, possédait une science certaine concernant les expressions québécoises. Ne vous en faites pas trop.

— Vous êtes vraiment sûre qu'il n'y a pas un moyen de passer un coup de fil ? insista Romain sur un ton qui confinait à la prière.

— Certaine ! répliqua la propriétaire. Arrêtez de vous mettre martel en tête comme ça, il n'y a pas mort d'homme après tout.

Il faillit corriger qu'il n'y avait pas *encore* mort d'homme, mais que connaissant Carole, ça ne saurait tarder. La bienséance l'en empêcha.

— Les voitures pourraient peut-être passer quand même, avec des chaînes, non ? essaya Fanny.

— J'peux vous donner un coup de main, niveau chaînes, si vous voulez. Et pas que niveau chaînes… s'incrusta Franck en bombant le torse, ce qui lui donna l'air d'un flamant rose, la gomina en plus.

— Eh ben, chuchota Kate en s'approchant de Fanny, i'vous chante la pomme comme pas possible çui-là…

La silhouette lourde de Lucien fit son apparition. Ce dernier fusilla la jeune femme d'un regard en coin. Elle déglutit. Malgré elle, elle repensa au vieillard qui faisait fonctionner le tire-fesses, à ses cheveux cimentés à son crâne, à ses chicots pourris, à sa façon de se tenir près de Lilou au moment de sa chute. Une salive épaisse s'amalgama au fond de son palais. Une image en amenant une autre, son esprit lui redonna à voir cette drôle de torche et cette drôle de barbe qu'elle avait surprises, juste après l'avalanche. Cette fois, une sueur glacée lui parcourut l'échine, des frissons coururent le long de ses bras. Si seulement les chasse-neige pouvaient enclencher la vitesse supérieure !

Des pas résonnèrent dans l'escalier. Un sifflement se fit entendre. C'était un air célèbre, une balade romantique. *Strangers in the night* de Franck Sinatra.

Tous les regards convergèrent vers les marches. Des chaussures impeccables émergèrent bientôt, suivies d'un pantalon droit marron, d'un pull bordeaux côtelé et d'un visage épanoui. Pierre. Celui de Michèle, lui, s'habilla illico d'un sourire transi.

L'ancien médecin salua tout le monde à la volée et se remit à siffler. Il saisit la main de sa femme et la fit tournoyer. Ils dansèrent ainsi au rythme du sifflement de Pierre une dizaine de secondes, heureux, l'un contre l'autre, sourds et aveugles au monde qui les entourait. Ils étaient devenus les deux meneurs d'une revue de Broadway, les amoureux immortels d'un film hollywoodien. Tous se délectèrent de cette vision de bonheur simple ; tous, sauf Fanny que tout cela rendait bien perplexe : elle ne pouvait pas se retenir de penser que cet homme, la veille, lui avait servi la plus mauvaise des excuses pour s'être fait prendre en flagrant délit avec la jeune serveuse. Elle trouvait qu'il ne manquait pas d'air de s'afficher ainsi en public et de jouer la scène des amants parfaits. « Culotté », voilà le premier mot, le seul d'ailleurs, qui lui vint à l'esprit à cet instant. Et qui, dans deux minutes, s'agrémenterait d'un e. « Culottée »…

Au bout d'un certain temps, Kate indiqua qu'elle sortait. Fanny proposa alors de l'accompagner : elle aussi avait besoin de s'aérer. Prétextant une discussion de femme à femme, elles réussirent à décourager le représentant qui suggérait de se joindre à elles. L'excuse sembla convenir au représentant : après tout, il était un homme, un vrai, et il était bien normal que des femmes aient envie de partager des choses entre elles. Et puis il était certain, au fond de lui, qu'il serait le sujet de conversation de ces dames. Après tout, sur quoi d'autre auraient-elles pu échanger ?

Les deux femmes bavardèrent sur tout et rien, tout en escaladant le monticule de neige. Arrivées en haut, elles se déportèrent sur le côté et dépassèrent nonchalamment l'entrée de service. Elles convinrent que les lieux étaient d'une grande beauté et que bien que l'avalanche n'ait arrangé les affaires de personne, force était de constater qu'elle avait donné à la montagne une aura supplémentaire. Elles avaient un peu la même impression, celle d'être les rescapées d'une catastrophe. Cet aveu les fit sourire. Finalement, l'enfance, avec ses envies d'aventures, n'était pas si lointaine et il suffisait de peu pour qu'on retrouve l'adrénaline que nos existences, parfois, nous refusent.

Un peu plus loin, elles tombèrent sur un morceau de toit vermoulu. C'était un vieux cabanon en bois qui avait été partiellement recouvert par la neige. Des chuchotis émanèrent de l'entrée, bouchée jusqu'à mi-hauteur. Mises en verve par leur nouvelle complicité, telles deux adolescentes sur le point d'assister à une scène interdite, elles se dissimulèrent derrière le tronc d'un sapin et s'accroupirent en dressant l'oreille.

Elles n'eurent pas à attendre longtemps : bientôt, l'employé de l'épicerie-poste-bistrot s'en extirpa non sans difficulté. Il plaqua ses cheveux d'un geste rapide et tendit le bras pour aider une autre personne à s'extraire de l'abri. Les deux femmes, dévorées par la curiosité, retinrent leur souffle et écarquillèrent les yeux. Une jeune fille fit son apparition. C'était Laurine.

Décidément… pensa Fanny avec aigreur, avant d'ajouter, en son for intérieur : *Elle est rudement culottée…*

La scène se poursuivit sous le regard captivé des deux planquées : le jeune homme se pencha sur la serveuse et déposa un baiser sur ses lèvres. Elle le repoussa vivement et lui envoya une gifle monumentale dont l'écho claqua sur toutes les montagnes du Jura.

Kate gloussa. « C'est mal de niaiser, mais à mon avis, en v'là un qui reviendra pas à la charge. »

Laurine se mit à galoper en direction de l'hôtel pendant que le jeune homme frottait sa joue endolorie.

– 21 –

Les effluves du déjeuner embaumaient encore le restaurant des Cinq Marmottes. Le calme régnait au rez-de-chaussée. Pierre et Michèle lisaient, Kate et Emma bavardaient à voix basse, Romain tapotait pensivement sur son téléphone en scrutant le bout de ciel qui dépassait de l'amas de neige et Franck s'obstinait à vendre ses aspirateurs à Hélène qui cherchait par tous les moyens à lui échapper. Bref, tout était normal, à sa place.

— Écoutez, je ne doute pas que vos aspirateurs soient de qualité, mais comprenez-moi bien, nous avons déjà tout ce qu'il nous faut…

— Il y a un programme de fidélité, regardez, je peux vous proposer de changer votre aspirateur tous les trois ans. Un neuf, contre un vieux. Une sorte de *leasing*.

— Une sorte de quoi ?

— De *leasing*… de location si vous voulez…

— Donc je paye un aspirateur qui ne m'appartiendra jamais ?

— Oui, enfin non, c'est la garantie d'avoir toujours le dernier modèle…

— … sans jamais l'avoir finalement. C'est astucieux votre machin.

— Il y a aussi un système de parrainage, si vous préférez acquérir votre aspirateur. Cela vous permettrait de l'avoir pour un peu moins cher. Votre collègue du Chalet Bellevue a parrainé l'Auberge Rousse. Résultat, pas 5, pas 10 mais 30 % de réduction. Rien que ça. Autrement dit, continua-t-il en posant bruyamment sa calculatrice sur la table, cela vous le ferait à…

Il appuya sur les touches, haussa les sourcils sur le mode « Ah oui quand même » et brandit la calculette devant la vieille femme qui soupira ostensiblement. Les épaules de Franck s'abaissèrent.

— Votre religion est faite, je crois… lâcha-t-il en constatant que la petite femme ne changerait pas d'avis.

— Je suis navrée, je n'ai vraiment pas besoin d'aspirateur. Mais je vous promets que si un jour je venais à en manquer, je vous appellerais tout de suite.

Déçu, Franck referma son catalogue. Puis il approcha sa chaise de la propriétaire et abaissa le volume de sa voix afin que personne ne puisse entendre ce qu'il avait à dire :

— Dites, je me demandais, vous pourriez m'organiser un petit dîner aux chandelles ce soir ?

La vieille femme prit un air ahuri.

— Un dîner aux chandelles ? lui répondit-elle en prenant soin, elle aussi, d'adopter un volume à peine audible. Mais pour qui donc ?

— Eh bien, fit-il légèrement gêné, vous savez… la petite Fanny qui loge dans la chambre 3… Je crois bien que… vous voyez quoi… que je l'intéresse… Donc je me disais qu'avec un dîner aux chandelles, on pourrait, elle et moi…

Conclure, ajouta mentalement Hélène. La vieille femme connaissait ses classiques.

Elle esquissa une moue dubitative. Ce représentant ne doutait vraiment de rien. Elle réfléchit une seconde avant de lui envoyer :

— Vous savez, chez nous, lorsqu'un homme veut séduire une femme, il lui offre un edelweiss.

— Un edelweiss ? s'insurgea Franck. Mais c'est une légende votre truc, comment voulez-vous que je trouve une fleur qui pousse tous les cent ans ?

Elle haussa les épaules.

— C'est pour ça que ça fonctionne. Croyez-en mon expérience jeune homme, une femme ne résiste jamais à un edelweiss.

Franck fut tenté d'envoyer paître celle qui avait l'âge d'être sa grand-mère. Compter sur un edelweiss ? Franchement, autant avaler un couscous avec une paille…

— Si vous en trouvez un d'edelweiss, je vous l'offre votre dîner aux chandelles, résuma-t-elle en lui décochant un clin d'œil. Et puis, l'avantage avec les avalanches, c'est que ça les réveille, les edelweiss. Vous voyez là, près des sapins ?

Elle esquissa un grand geste vers la fenêtre.

— Il y a un lac là-haut. C'est toujours là qu'on les trouve les edelweiss, près du lac !

L'idée fit son chemin à toute vitesse derrière le front de l'Homo Dragus Erectus Aspiratus. Le coup du dîner gratuit avait eu raison de ses convictions. Franck bondit de sa chaise.

— Le devoir m'appelle. Ceux qui vont cueillir des edelweiss vous saluent ! déclara-t-il.

Et pendant qu'il s'éloignait, solennel, le torse bombé et le front haut, il s'en fallut de peu pour qu'on entende le chant de la 2e DB avec son clairon et sa grosse caisse. Sans doute Hélène l'entendit-elle car on la vit sourire jusqu'aux oreilles en regardant le vendeur en aspirateur monter les marches quatre à quatre, pressé de partir à la chasse à la fleur.

La vieille femme n'était pas peu fière de sa blague qui constituait un joli écho à celle que Jean-Noël avait fait subir à cette pauvre Fanny. Un edelweiss, on n'était pas près de le revoir de sitôt le représentant de commerce !

Elle prit appui sur la table et se hissa lentement sur ses jambes. Celles-ci étaient parfois raides et douloureuses. Après tout, se résignait-elle, les os coincés n'étaient-ils pas le privilège du grand âge ? Elle se tourna vers la cheminée et nota que le feu manquait de vigueur. Quand elle se pencha pour ajouter une bûche dans le foyer, une main vint se poser sur son bras.

— Je vais vous aider, proposa Emma.

La propriétaire de l'hôtel refusa gentiment.

— Oh, je suis vieille, vous, vous êtes enceinte. De nous deux, c'est moi qui dois être cassée. Votre bébé aura besoin de vous avoir en entier… À ce propos, c'est un garçon ou une fille ? À vue de nez, je dirais une petite fille.

— C'est une surprise, répondit la jeune femme. On a décidé de ne pas savoir…

Hélène amorça un mouvement vers le ventre de la jeune femme. Elle s'arrêta juste avant que ses doigts atteignent le tissu.

— Vous permettez ?

Emma opina du chef. Lorsque la main flétrie de la vieille femme se posa sur l'enfant à venir, la jeune femme tressaillit. Ses paupières s'humidifièrent.

— Les hormones… s'excusa-t-elle.

Puis elle prit une grande inspiration. Ce qu'elle s'apprêtait à faire était sans doute la chose la plus difficile de toute son existence. Réflexion faite, c'était la deuxième. La première avait été d'annoncer à sa mère qu'elle était tombée amoureuse de Kate. Amoureuse d'une femme. Elle se lança :

— Je…

— Oui ?

— J'aimerais vous parler… Pourrions-nous…

— Tom ! Lilou ! explosa tout à coup une voix au premier étage.

Fanny déboula dans le salon, visiblement affolée.

— Vous avez vu mes enfants ?

Étonnés, tous considérèrent la jeune femme un court instant. Non, personne n'avait vu ni le garçonnet ni la petite fille depuis la fin du déjeuner.

Et pour cause. Ils avaient disparu.

– 22 –

Un formidable branle-bas de combat s'engagea. On fouilla le moindre recoin, les étagères furent soulevées, les lits déplacés, les couvertures rabattues. Tout l'hôtel fut mis sens dessus dessous. Personne ne ménagea ses efforts. Mais au bout d'une demi-heure, ils durent se rendre à l'évidence : les enfants n'étaient pas dans l'enceinte des Cinq Marmottes.

Fanny était livide. Oscillant entre abattement et hystérie, débordant d'une énergie désespérée, elle retournait tout sur son passage, pleurait, mordait ses joues, ses lèvres. Son estomac n'était plus qu'un champ de bataille, les mots ne sortaient que par à-coups, des mots fêlés, éventrés. Si l'inquiétude avait une forme, elle aurait eu celle de Fanny à ce moment-là.

Quelqu'un émit l'idée d'étendre les recherches à l'extérieur. Tous furent évidemment volontaires, y compris Emma que Kate pria cependant de rester au chaud : « J'ai pas le goût de te laisser aller là dehors. » Emma, pourtant, resta droite dans ses bottes : hors de question pour elle de regarder tourner les aiguilles de l'horloge alors que les gamins…

Sa phrase demeura suspendue. Tout en évitant de croiser le regard de Fanny, Emma se morigéna intérieurement. La pauvre mère n'avait certainement pas besoin qu'on lui mette des idées pareilles dans la tête. Fanny, de son côté, se ratatina. Dans le crâne de la mère aux abois carambolaient les suppositions les plus horribles. *Alors que les gamins…*

… sont perdus quelque part, là dehors…

… pourraient se faire dévorer par les loups, quelques-uns ont été aperçus il y a peu aux abords des stations…

… sont dans la nature, dans le froid, seuls, à la merci de n'importe quel dingue…

N'importe quel dingue… n'importe quel dingue… avec tous ces vieux bonshommes bizarres ici…

D'ailleurs, il est où, ce Lucien ?

Soudain prise d'une sorte d'illumination, elle aboya :

— Quelqu'un a vu l'agent de maintenance ?

Non, personne, c'est vrai maintenant qu'on y songeait, il était invisible depuis la fin du déjeuner. Même Hélène fut incapable de dire où il se trouvait. Fanny se liquéfia un peu plus, sa bouche tordue en une grimace douloureuse.

— Vous croyez que… essaya-t-elle.

Hélène secoua vigoureusement la tête, n'importe quoi, Lucien était certes un vieux solitaire légèrement acariâtre sur les bords mais ça n'allait pas plus loin que ça. Elle enjoignit chacun à reprendre ses esprits et à modérer ses accusations. Derrière eux, le sapin décoré détonnait dans cette ambiance survoltée par l'angoisse.

À cet instant, comme un fait exprès, le carillon de la porte d'entrée tinta. Massif, une pelle aux bords dentelés dans sa main large, Lucien avait surgi et circulait à présent d'un air lugubre sous les mines hébétées des autres occupants des Cinq Marmottes. Il maugréa que cette satanée neige aurait bientôt raison de son derrière avant de réaliser que tous les regards étaient braqués sur lui.

Pierre prit la parole :

— Les enfants ont disparu. Vous ne les auriez pas rencontrés par hasard ?

Lucien marqua une pause.

— Si, finit-il par annoncer, je les ai vus monter de l'autre côté, vers les sapins là-haut.

Le cou de Fanny se tendit instantanément.

— Y a longtemps ?

— Bof, qu'est-ce j'en sais moi ? Une heure ou deux, ptêt un peu plus…

— Une heure ou deux et « ptêt un peu plus » ? s'insurgea-t-elle. Et vous ne leur avez pas dit de ne pas s'éloigner ?

Les épaules de Lucien semblèrent s'élargir, ses pupilles s'assombrirent. Le vieil homme était vraiment gigantesque. Il se pencha sur Fanny et, d'une voix forte de commandant de bord prêt à balancer tout le monde par-dessus bord, rétorqua :

— Z'ont la tête dure vos mioches…

Hélène s'approcha de Lucien, lui susurra quelques mots. Ce dernier se replia un peu sur lui-même.

Et ce fut tout. Défaite, Fanny n'osa pas insister. Des spasmes nerveux agitèrent son corps ; elle était assaillie de sanglots incontrôlables. Romain vint se placer près d'elle. Bien sûr, il ne pouvait pas comparer sa peine à celle de cette maman, mais il était sincèrement attristé de cette situation et très préoccupé, lui aussi, par le sort des enfants.

Une battue s'organisa. Des groupes de deux et trois se formèrent. Promiscuité dans le salon oblige, Romain et Fanny arpenteraient la montagne ensemble, au grand dam de Franck qui ne chercha pas à cacher sa mauvaise humeur de se retrouver à se cailler les meules au côté d'un Lucien aussi désagréable et bourru qu'un douanier sans café dans un aéroport bondé à 5 heures du matin.

Hélène distribua des lampes-torches à utiliser si les recherches devaient se prolonger dans la nuit, et des sifflets pour prévenir les autres au cas où on les retrouverait.

Ainsi équipés, les groupes partirent dans la direction indiquée par Lucien pour se séparer à l'orée de la forêt de conifères. Plus que jamais, la montagne leur parut gigantesque et menaçante. Des « Toooooom » et des « Lilouuuuuu » fusaient ça et là, entrecoupés par des « Les enfaaaannnnts » et des « Hééééé hooooo ». Ces cris, portés par la formidable résonance de la montagne, semblaient se répondre comme dans une mauvaise blague.

Personne ne songeait plus au réveillon de Noël qu'on passerait sûrement coincés à La Marmottière. Tout ce qui comptait à présent était de retrouver les enfants sains et saufs.

Romain et Fanny grimpaient depuis plus d'une heure. Les cuisses commençaient à tirer, les mollets à se faire lourds. Pourtant, il n'était pas question de cesser de chercher tant qu'on ne les aurait pas retrouvés. Fanny parlait peu. Le visage fermé, les yeux durs et rougis sous son bonnet, elle avançait rapidement, au moins autant que le lui permettait l'épaisse couche de neige. De temps en temps, elle chancelait en raison d'un rocher qu'elle n'avait pas anticipé, d'une crevasse qu'elle n'avait pas perçue. Elle glissait, tombait ou vacillait, et des larmes chaudes lézardaient sur ses joues, des larmes de peur, des larmes d'épuisement, des larmes au goût aigre de la crainte de perdre ceux qu'elle chérissait le plus au monde. La vie ne tenait qu'à un fil. Et sa vie à elle était en train de virer au cauchemar.

Patiemment, Romain la soulevait, la maintenait debout, la soutenait. Il tentait par tous les moyens de la tranquilliser et de détourner son attention en s'extasiant de manière un peu trop appuyée sur la beauté du lac gelé qu'ils venaient de dépasser et la majesté des conifères qui les entouraient. Mais Fanny ne voyait rien, la trouille viscérale qu'elle ressentait était autant d'œillères. Romain se sentit alors affreusement crétin. Bien sûr, comment pouvait-il seulement imaginer que la jeune femme puisse être sensible à la nature alors que ses enfants s'étaient évanouis dans le décor ?

L'après-midi touchait à sa fin, le soleil déclinait, le froid était à présent cinglant. Il pinçait le jeune homme à travers le tissu de ses vêtements. Lui qui prévoyait à l'origine de ne rester à la station qu'une seule nuit ne s'était pas encombré d'habits très chauds. Aussi ne portait-il ni bonnet, ni gants, ni rien qui aurait pu faire barrage entre l'air glacial et sa peau. Il grelottait. Mais loin de lui l'idée de se plaindre. Les températures n'étaient qu'un petit détail au regard des circonstances.

Au bout de deux heures, les contours d'une immense bâtisse se dessinèrent devant Fanny et Romain. C'était une vieille grange dont le toit s'était effondré par endroits. La neige, comme cimentée au faîte, donnait au lieu des allures de palais abandonné. Des stalactites pendaient à la gouttière, des fissures couraient le long des murs. Ces derniers, plus vraiment droits, menaçaient de s'écrouler. Un bâtiment sombre, désert, lugubre. Pas franchement engageant. Fanny et Romain entreprirent d'en faire le tour. Ils progressaient cahin-caha, explorant la façade.

Tout à coup, ils virent une lumière tremblotante, filtrée par les contours de ce qui s'apparentait à une porte.

— Il y a quelqu'un à l'intérieur, s'écria Fanny en se précipitant.

– 23 –

Fanny tambourina, poussant et tirant sur la porte avec une force inouïe décuplée par la panique. Très vite, la porte céda et s'ouvrit toute grande dans un grincement macabre. La jeune femme retint son souffle. Puis respira, la poitrine allégée, détendue.

Ils étaient là, assis à une table au milieu de la grange. Une lampe à pétrole éclairait la pièce qui baignait dans une lumière spectrale. Des ombres gesticulaient sur les murs et zébraient la figure du frère et de la sœur.

— Maman, s'exclamèrent-ils en chœur dès qu'ils la virent.

Ils bondirent vers elle, elle courut à eux. Ils s'étreignirent en pleurant à chaudes larmes. L'angoisse, de part et d'autre, s'échappait par litres entiers.

Fanny ne se rendit pas compte tout de suite de la présence des hommes, restés en retrait. Quand elle s'aperçut que deux silhouettes se détachaient dans un coin de la pièce, elle amorça un mouvement de recul instinctif, ses enfants au creux des bras. L'un des deux intrus s'approcha de la lampe.

La lumière vacillante dansait sur ses maxillaires carrés et louvoyait entre les poils d'une barbe épaisse. Son nez épaté, plus large encore dans cette pénombre, s'écrasait jusque sous ses gros yeux où se dandinait le reflet, grossi, de la flamme de la lampe. Ses pupilles flamboyaient au milieu de ses rides aussi profondes que des crevasses. L'homme laissa échapper un grognement qui se répercuta sur les murs branlants de la grange et dans les côtes de Fanny.

— C'est vous la mère ? prononça-t-il d'une voix aux allures de grosse caisse.

Ses enfants fermement tenus contre elle, Fanny ne moufta pas. Une sueur glacée coula le long de son dos. Elle était pétrifiée. Le gaillard, qui ne cherchait pas à amorcer un dialogue, poursuivit sur un ton qui ne souffrait pas la moindre contestation :

— C'est dangereux pour des moutards de rester seuls dans la montagne…

L'autre silhouette dont, à cette distance, on ne pouvait deviner que l'aspect général gigota et répéta les paroles du précédent :

— Très dangereux…

— Les rennes ont les jetons, ils sont discrets, reprit le vieux barbu à la mine patibulaire et à l'œil torve, ils sortiront pas si y a trop de bruit.

Fanny secoua la tête en signe d'incompréhension. Le tsunami émotionnel qu'elle venait de traverser ne l'aidait pas à réfléchir. Que racontait ce bonhomme ? Quel était le rapport avec les rennes ? Puis les mots commencèrent doucement à faire sens. Elle avisa Lilou qui se mordait les lèvres. Elle ouvrit la bouche, se prépara à répondre un oui gêné quand une lumière jaune l'aveugla.

Lilou se récria, Tom se couvrit les yeux, l'un des vieux lâcha un soupir exaspéré et Fanny plissa les paupières.

Resté en retrait, Romain avait appuyé sur l'interrupteur. Trois ampoules pendues au plafond éclaboussaient la pièce d'une clarté citron en grésillant.

— C'est mieux comme ça, observa-t-il. Non ?

— Non, objecta l'un des deux hommes, c'est pas…

Un claquement stoppa net la protestation. Une à une les ampoules s'éteignirent, plongeant de nouveau la pièce dans la luminosité frémissante de la lampe à pétrole.

— Les plombs, expliqua le plus grand des deux hommes, i'tiennent pas.

Une minute d'éclairage avait suffi à la jeune femme pour réaliser que les deux hommes avaient largement dépassé les 80 ans. Et pour reconnaître l'un d'entre eux.

Des vieux, se dit Fanny, *on n'en finira jamais…*

Le type du tire-fesses… pourquoi est-il encore là ?

Un halo ocre apparut, la voix de Romain résonna.

— Ah, on voit mieux avec la torche !

Décidément, Romain insistait pour y voir plus clair. Il semblait éprouver une admiration certaine pour la luminosité, à moins que ce besoin irrépressible de distinguer les choses ne soit en fait que la conséquence d'une angoisse forte. Aussi forte que celle de Fanny. Ces types, il ne les sentait pas. Alors il était sur le qui-vive ; la lumière, dans un cas comme celui-là, était un élément à ne pas négliger, notamment pour parer un coup éventuel, ou pour trouver la sortie. Mais il était prêt à en découdre, si c'était nécessaire. Prêt à défendre Tom et Lilou. Et Fanny aussi.

Fanny, elle, avait levé les yeux. Machinalement. Elle ne cherchait rien de spécial, d'ailleurs elle aurait pu regarder à gauche, ou à droite. Non, il avait fallu que son regard se dirige vers une des poutres et que la lumière de la torche éclaire, pile à ce moment-là, la banderole qui y était accrochée.

Vous avouerez, des fois, le destin, ça ne tient pas à grand-chose.

À ce moment-là, un sifflement strident traversa l'atmosphère. Pour Romain, il était temps de rassembler les troupes.

– 24 –

Franck et Lucien gravissaient la montagne dans un silence de mort. Ou presque. Le représentant avait bien essayé d'engager la conversation quelques fois mais cela s'était systématiquement soldé par un échec cuisant.

Lucien avait un boulot, il le faisait, il n'était pas là pour être sympathique. Aussi, il ne se forçait pas. D'ailleurs, il ne se forçait jamais. Prendre des pincettes et se faire violence n'étaient pas dans sa nature. Et ce n'était pas à plus de quatre-vingts balais qu'on allait lui apprendre à se comporter et ceux à qui ça ne convenait pas pouvaient très bien aller se vautrer dans les talus. Franchement, entre le sapin de Noël et la balade, il commençait à en avoir ras la chéchia de ces mioches. Voilà-t-y pas que maintenant il se retrouvait avec le vendeur de balais Moulinex ou peu importe quoi d'autre puisque aux yeux du vieillard, ils avaient le défaut de se ressembler tous.

De son côté, lassé de causer à un mur, Franck avait fini par abdiquer. *Foutu plouc taiseux*, avait-il bougonné en son for intérieur. *Ils ont dû déguiser un ours, c'est pas possible autrement.* Il se contentait d'avancer au même rythme que le vieil homme taciturne.

Franck avait beau plastronner, à l'instar de tous les autres, la présence de Lucien ne le mettait pas très à l'aise. Face à son dos large comme un rocher et sa force surhumaine, sa voix rare et tonitruante, Franck ne faisait pas le malin. Sans compter qu'avec cette pénombre et ces arbres tout autour, l'homme paraissait encore plus menaçant. Était-ce dû à cette lueur tranchante au fond de son regard ? à ses paluches habituées au travail manuel qui se contractaient en des poings qu'on n'aurait pas eu envie de se prendre dans la figure ? à sa manière de souffler comme s'il s'apprêtait à charger et à vous rentrer dans le lard ? Franck désespérait de sa malchance : il se savait poissard, mais pas à ce point : quel manque de bol il avait eu d'être en binôme avec cette brute épaisse, quand il aurait pu être en compagnie de la charmante Fanny. À l'heure qu'il était, la jeune femme avait certainement besoin d'un peu de tendresse, de réconfort, d'un homme fort et rassurant. Il l'imaginait d'ici, pleurant toute son inquiétude, faible et malléable. Il lui aurait alors offert son épaule, elle se serait blottie contre son torse, aurait humé l'odeur de son eau de toilette – ici, il inspira discrètement dans son col ; l'effluve de parfum s'était certes un peu dissipé, mais cela ferait la rue Michel comme on dit –, aurait rapproché son visage du sien. Il aurait pris le temps de caresser sa joue en descendant vers son menton, puis il l'aurait soulevée, doucement mais fermement. Leurs bouches se seraient collées l'une à l'autre, timidement d'abord, puis les langues se seraient touchées, absorbées, dévorées. Pétrie d'excitation, Fanny aurait chaviré. Gentleman, il l'aurait reconduite à l'hôtel et…

Une stridulation perçante transperça le silence et vrilla ses tympans. Les deux hommes s'immobilisèrent. Le plus jeune se massa l'oreille en grimaçant, le plus âgé arqua un sourcil épais, ce qui lui donna l'air du Docteur Denfer.

— C'est eux qui ont sifflé ? hasarda Franck sans trop y croire.

— Ou alors c'est un lynx qui a décidé de jouer de la flûte…

Ha ha ha, l'ours fait de l'humour, ironisa en silence le représentant en aspirateur. Mais le vieil homme ne cilla pas. Pas l'ombre d'un sourire ne vint adoucir sa face peu avenante. Constatant que Lucien ne se départissait pas de son sérieux, Franck réalisa avec horreur que son compagnon de route ne blaguait peut-être qu'à moitié. Il se figea et bredouilla :

— Y a pas de lynx par ici, si ?

— Plein…

— Plein ?

— Plein ! répéta-t-il en haussant le ton.

— Mais les lynx sont inoffensifs n'est-ce pas, ils ne mangent pas les humains ?

— I'bouffent ce qu'i trouvent. Et en ce moment, i'trouvent pas grand-chose …

— On devrait peut-être rejoindre ceux qui ont sifflé, non ? suggéra Franck, épouvanté et pressé de retrouver ses camarades.

Il comptait en effet sur la loi des probabilités. Plus ils seraient nombreux, moins il y aurait de chances qu'un lynx décide de le dévorer en premier. C'était mathématique. Sans répondre, le vieil homme se mit à rebrousser chemin.

— Excusez-moi, s'étonna Franck en lui courant après et en pointant son index dans le sens opposé, mais il me semble que le sifflement provenait plutôt de cette direction-là.

— Je rentre !

— Comment ça vous rentrez ? Vous n'allez pas les rejoindre ?

Lucien se retourna prestement et approcha son museau tout près de celui du vendeur.

— Moi, les gosses, j'aime pas ça. Ils les ont retrouvés, tant mieux. Alors moi, je rentre !

— Mais moi, je fais quoi ?

— Hôtel. Ou lynx. Au choix.

Le vent souffla et s'engouffra dans les branches des sapins. Quand l'une d'elles vint effleurer par inadvertance le manteau de Franck, celui-ci bondit instantanément en criant.

Cette fois, la figure de Lucien se plissa en un rictus muet.

— Je vous accompagne, bégaya Franck, persuadé qu'un lynx n'oserait jamais s'attaquer à une bête telle que cet homme.

– 25 –

Fanny n'eut pas le temps de réfléchir longtemps. Deux minutes à peine après que Romain avait sifflé, des pas crissèrent sur la neige. Pierre et Michèle arrivèrent devant la grange.

— On ne va pas entrer… supplia Pierre à voix basse.

Son épouse fronça les sourcils.

— Bien sûr que si ! fit-elle en pénétrant à l'intérieur.

Le faisceau de sa torche vint immédiatement croiser celui de Romain. Les deux projecteurs, ainsi braqués sur la bannière, éclairèrent parfaitement chacune des lettres qui y étaient inscrites.

« Cinquante ans d'amour ! Bon anniversaire ma douce ! »

Michèle porta sa main à ses lèvres. Interdite, elle passait de son mari à la banderole, de la banderole à son mari.

Et puis, ça lui revint : cinquante ans. Dans deux jours, cela ferait exactement cinquante ans qu'elle et son époux s'étaient rencontrés. Ils étaient alors adolescents, elle avait 13 ans et lui 15. C'était un 24 décembre, il y avait de la neige, la nuit avait déjà jeté ses tentacules sur la rue de Rivoli, à Paris. Elle venait de dépenser ses dernières économies pour acheter une boîte de chocolats à sa petite sœur ; il s'était fait virer deux heures avant de l'atelier de menuiserie où il était apprenti et battait le pavé en attendant de trouver le courage de rentrer chez lui et de l'annoncer à son père. Elle courait à perdre haleine, pressée, on l'attendait pour réveillonner ; il marchait lentement, les mains au fond de ses poches. Sur la chaussée, près de voitures qui roulaient à vive allure luisait une plaque de verglas. Les décorations de Noël y chatoyaient. Elle descendit du trottoir, posa le pied droit sur la route. Le gauche – côté cœur, était-ce un signe ? – atterrit sur la lame de glace. Michèle chancela dangereusement. Un bus arrivait. Le conducteur ne l'avait pas vue. Le choc était imminent. *In extremis*, une main saisit le manteau de la jeune fille et la tira en arrière. Le bus klaxonna en freinant, la jeune fille crut mourir. Elle reprit son souffle, se tourna vers le propriétaire de la main qui avait été si bien avisée. Le propriétaire de cette main qui lui avait tout simplement sauvé la vie. Elle le remercia timidement, encore toute tourneboulée. Il lui répondit un vague « de rien », nonchalant, comme on répond à cet âge. Et ils ne se quittèrent plus.

— Il y en a d'autres, annonça fièrement Tom.

L'enfant s'empara de la torche de Romain et s'amusa à éclairer l'ensemble des messages et des dessins qui ornaient les murs et qui, chacun, représentait un pan de leur histoire.

— Mon Dieu, réussit à articuler Michèle, l'âme gorgée d'amour et de reconnaissance envers celui qu'elle chérissait depuis un demi-siècle.

À cet instant, les formes de Laurine, Emma et Kate se détachèrent dans la nuit.

— On a entendu siffler, ahana Emma en se tenant le ventre. C'est bon, vous les avez retrouvés ?

— Du coup, c'est fichu pour la surprise, nota Laurine, avec une pointe de déception.

Pierre écarta les bras en signe d'impuissance tandis que Michèle les regardait sans comprendre. Il se justifia :

— Elle était ma complice. Elle m'a aidé à tout faire…

Fanny comprit alors qu'elle s'était fourvoyée sur toute la ligne et que Pierre était loin d'être le coureur de jupons qu'elle avait cru de prime abord. Comment avait-elle pu se tromper à ce point ? Elle se sentit soudain terriblement honteuse d'avoir prêté à cet homme amoureux des attentions si malhonnêtes. Elle baissa la tête.

Brusquement, le vieillard barbu qu'on avait presque oublié tant l'émotion était à son paroxysme tapa du poing sur la table. Un poing gros comme un jambon. Tout le monde se figea.

— Faudrait voir à y aller maintenant, c'est pas le Club Med ici !

Adultes et enfants obtempérèrent *illico*, tant il était inenvisageable de contrarier ces montagnards. Seule Laurine s'enhardit en articulant un « Oh, la barbe ! » bien sonore.

— Eh vous les gosses, ajouta l'homme en toisant Tom et Lilou de toute sa hauteur avant qu'ils sortent, faut pas chercher les caribous.

Apeurés, les enfants se blottirent contre leur mère qui n'en menait pas plus large qu'eux. Romain posa ses bras sur les épaules des deux gamins.

— Allons-nous-en, il est tard.

Tout ce petit monde redescendit comme il était monté. Laurine, Kate et Emma avançaient devant, à la même allure que Michèle et Pierre qui gardait un œil sur la femme enceinte. Fanny, quant à elle, calait son pas sur celui de ses enfants. Trop heureuse de les avoir retrouvés, elle était bien décidée à les garder dans son champ de vision jusqu'à la fin des temps. Elle se sentait légère et invincible. Dieu que c'était bon d'être à nouveau réunis. Romain, lui, restait au côté de Fanny. Le contact de cette famille retrouvée le rendait heureux. Étonnamment serein.

La neige chantonnait sous les semelles, les lumières des torches valsaient tranquillement sur les sapins. On ne parlait qu'à voix basse : ce paysage nocturne de montagne imposait le respect et donnait à chacun des velléités de recueillement.

Emma commença à montrer quelques signes de fatigue. Une pause s'improvisa près du lac gelé qu'entouraient des arbres vénérables. C'est là que Fanny demanda des explications à ses enfants.

— Mais enfin, qu'est-ce qui vous a pris de partir tout seuls ?

Les mains croisées devant lui, Tom, raide comme la justice, décocha une œillade à sa grande sœur. Lilou paraissait embarrassée : elle gardait les yeux rivés à ses chaussures, comme si la réponse se trouvait quelque part entre les lacets et la languette.

— C'est ma faute, entama-t-elle en se frottant le nez. J'ai voulu…

— Non Maman, c'était pas elle, c'était pour me faire plaisir, glapit Tom.

— Oui mais c'est moi la plus grande, le reprit-elle avec son air-de-grande-sœur-qui sait-des-trucs, je n'aurais jamais dû !

— J'avais qu'à pas te suivre !

— Non mais…

— Oui parce que…

Les arguments volaient d'une bouche à l'autre. Fanny attendait, sceptique. En dépit de toute la joie qu'elle éprouvait, elle avait besoin de comprendre quelle idée folle avait été à l'initiative d'une balade aussi risquée. L'épilogue avait été heureux, mais il aurait pu en être tout autrement. À l'évocation de la malchance qui aurait pu s'abattre sur ses enfants, le dos de Fanny frissonna de la même sueur glacée qui avait glissé entre ses omoplates un peu plus tôt dans la grange, face à ces deux hommes louches. Aussi devait-elle marquer le coup afin de leur faire passer l'envie de recommencer. C'était son rôle.

Elle s'adressa à son aînée, sur un ton plus sec qu'elle ne l'avait voulu.

— Lilou, dis-moi ce qu'il s'est réellement passé.

Lilou souffla et gratta le sol du bout de son *moon boot* gauche. Un nuage de vapeur s'échappa de sa bouche.

— Tom était triste hier, à cause de Papa, tu te rappelles ?

Fanny acquiesça et l'invita à continuer.

— J'ai cru que s'il voyait un cari… enfin un renne, tu vois, eh ben il aurait été content…

Touchée par la complicité de ses enfants, Fanny ne sut que répondre.

— T'es pas fâchée, demanda la voix fluette de Tom, éraillée par la peur de se faire gronder.

— Bien sûr que si je suis en colère. Je suis même très en colère, s'insurgea Fanny en surjouant un peu, vous réalisez que ça aurait pu être très grave !

— Tu vas nous punir ? s'inquiéta Lilou.

— Évidemment !

— Vous permettez ? intervint subitement Romain en entraînant Fanny un peu plus loin.

L'aide-soignante se laissa embarquer sans montrer la moindre résistance. Après une telle soirée, l'énergie lui manquait.

— Si je peux me permettre, vous ne devriez pas être trop dure avec eux, conseilla le jeune homme quand ils furent assez loin pour ne pas risquer d'être entendus.

— J'essaie d'être juste, contesta Fanny. Ils doivent comprendre que ce qu'ils ont fait aurait pu avoir des conséquences désastreuses.

Romain considéra les enfants. À trois mètres de là, Lilou et son petit frère se tenaient blottis l'un contre l'autre, le bras de la fillette enlaçant les épaules du garçonnet.

— Je crois qu'ils ont eu assez peur et que ça leur aura servi de leçon.

Fanny avisa à son tour sa progéniture.

— Vous avez peut-être raison, admit-elle. Vous avez des enfants ?

— Non…

— Pas le temps ?

— Je vous demande pardon ?

— Excusez-moi, c'était idiot…

— Disons qu'on a tous le droit d'être idiot une fois par jour…

— Juste une fois ? C'est assez peu.

— C'est vrai, convint-il. Surtout que vous venez d'épuiser votre quota. Vous devriez retourner les voir et les rassurer sur vos intentions, ils ont l'air de se faire un sacré mouron.

Fanny baissa la tête et esquissa un léger sourire. Elle amorça un mouvement dans la direction des deux enfants, se ravisa, posa sa main sur la manche de Romain.

— Merci d'avoir été là, articula-t-elle. Sans vous, je serais sûrement devenue dingue.

Il leva un doigt et le secoua lentement.

— Ttttt tttt tttt, fit-il, vous venez de dépasser votre quota de la journée. Attention, votre solde d'idioties quotidien est maintenant débiteur. Allez, venez, ils vous attendent …

Elle le suivit, la poitrine gonflée d'une nouvelle chaleur bienfaisante.

Est-ce à cet instant qu'elle réalisa qu'il était congelé ? que ses lèvres avaient bleui sous l'action du froid ? que ses doigts blancs tremblotaient ? que rien, dans ses vêtements, n'était adapté à de telles conditions climatiques ? Oui, c'est bien à cet instant qu'elle réalisa qu'avant, elle n'avait rien vu. Rien vu du tout.

Pendant ce temps…

Quand il pénétra dans la pièce, il les trouva avachis sur le canapé à moitié éventré, somnolant devant la télévision.

— Faudrait voir à faire quelque chose pour l'autre folle, lança-t-il sans introduction. Elle arrête pas d'appeler, ils savent plus quoi lui dire en bas !

L'un des deux hommes souffla.

— Ils ont qu'à plus répondre, répliqua-t-il en se curant les dents avec un petit couteau suisse qu'il venait de sortir de sa poche.

— T'en as de bonnes ! Et comment qu'on fait, pour plus lui répondre ? Jamais vu une dinde pareille ! À croire qu'elle a perdu son gosse !

L'autre déposa le couteau, cracha.

— Faut espérer qu'elle fasse pas tout rater…

Muet jusqu'à maintenant, le troisième larron se leva en prenant appui sur l'accoudoir et ricana tout en se grattant le ventre.

— Je sais pas où il a été la dénicher celle-là, mais il est tombé sur une sacrée mégère. Et moi, bah j'aime pas les mégères…

– 26 –

Les enfants dormaient à poings fermés. De légers ronflements émanaient des petits nez. Entre les émotions et les températures glaciales de la nuit montagnarde, Lilou et Tom avaient dû attraper froid. Mais enfin, ils étaient là et c'était tout ce qui comptait.

Fanny s'était enfermée dans la salle de bains et se tenait assise sur le rebord de la baignoire. Ne parvenant pas à trouver le sommeil, elle avait choisi de mettre ce temps à profit pour finaliser le gilet de sa fille. Chaque morceau était maintenant terminé, il ne lui restait plus qu'à les assembler.

Au bout de quelques heures, le gilet était fin prêt. Fanny l'étendit devant elle : le résultat était à la hauteur de ses espérances, Lilou allait être comblée. Fanny avait hâte de lui offrir son cadeau. Une autre tâche l'attendait. Un présent en forme de remerciement. Sa montre affichait 2 heures du matin passées. Fanny bâilla, la fatigue se manifestait. Elle se massa les tempes une seconde, étira ses épaules en arrière et écarta ses doigts trois fois de suite avant de saisir les aiguilles adéquates et de monter les premières mailles.

Cette idée l'avait traversée un peu plus tôt alors qu'ils se trouvaient près du lac gelé, sur la montagne. Quand elle s'était rendu compte à quel point Romain mourait de froid, elle avait décidé de lui tricoter un bonnet et de le lui offrir. Après toute l'attention qu'il leur avait témoignée, lui faire un petit cadeau était bien la moindre des choses tentait-elle de se convaincre. Et c'était vrai quelque part, on offrait bien un savon à la voisine qui avait nourri le chat en notre absence, une bouteille de vin à l'oncle qui avait aidé pour le déménagement, un chèque cadeau Séphora à la *baby-sitter* qui avait accepté de retarder sa soirée pour s'occuper du bébé un peu plus tard que prévu. Ça se faisait, de remercier les gens quand ils nous rendaient service…

Mais là, c'était un peu différent : ce que Fanny ne s'avouait qu'avec des pincettes surmontées de crochets et de fils de nylon, c'était qu'elle n'avait pas *apprécié* que Romain ait froid. De la même façon, cherchait-elle à se persuader, elle n'aurait pas aimé que quiconque ait froid. En réalité, le voir grelotter l'avait profondément émue. Il était fragile, il pouvait tomber malade, par sa faute à elle en plus …

Bref, elle avait eu envie de le… protéger. Elle voulait qu'il soit bien. Alors elle avait réfléchi : un bonnet à revers lui sembla être la meilleure option, d'autant plus qu'il lui restait de la laine du gilet de Lilou et du pull à caribou de Tom, dans le sac qu'elle emportait toujours avec elle. Comme quoi, on a beau dire, la vie fait parfois bien les choses. Le bonnet ne serait certainement pas à la dernière mode, mais il aurait au moins l'avantage de lui tenir chaud.

À 4 heures du matin, les yeux embués par la fatigue, la nuque et le haut du dos perclus de douleurs, elle décida que l'heure d'aller se coucher avait sonné. Elle rangea soigneusement son nécessaire à tricot, rembobina un bon mètre de fil autour de la pelote, se hissa sur ses jambes, croisa son reflet dans le miroir, se trouva presque jolie pour la première fois depuis des lustres, sortit de la pièce, éteignit la lumière en retenant son geste pour ne pas faire trop de bruit et progressa à tâtons jusque sa valise ouverte sur laquelle elle déposa finalement son nécessaire à tricot. Éclairée seulement par les rayons lunaires, elle s'approcha à pas de loup du lit de Lilou, la borda en l'embrassant, fit de même avec Tom et se coucha à son tour, exténuée mais heureuse.

À mille lieux de s'imaginer ce qui allait découler de son petit cadeau qui ne payait pourtant pas de mine, elle s'endormit.

– 27 –

Trois jours après l'avalanche, aucun chasse-neige n'était à l'horizon. En ce 23 décembre, chacun se faisait une raison : il y avait de fortes chances que la veillée de Noël se passe à La Marmottière.

Tous les matins, dès le réveil, Monsieur Chang déboulait dans les escaliers, suivi de Michèle, forcée de descendre elle aussi au pas de course. Et tous les matins, le yorkshire entravé par sa collerette valdinguait allègrement d'une marche à l'autre en poussant des couinements exaspérés. Ce n'était pas tant de douleur qu'il gémissait que contre la force toute puissante du perpétuel recommencement. D'ailleurs, si Monsieur Chang pouvait parler, il clamerait que l'immuable est un concept qui commençait franchement à lui sortir par les trous de la truffe.

Tous les matins, donc, il atterrissait au bas des escaliers les quatre fers en l'air, ses petites pattes battant une mesure imaginaire. Ce qui était dingue, avec Monsieur Chang, c'est qu'il avait la constance de la tartine beurrée : il tombait toujours du mauvais côté.

Ce matin-là n'échappa pas à la règle. Monsieur Chang s'élança du premier étage, tomba, roula, rebondit et, bien sûr, s'écrasa. Naturellement, Michèle courut à son secours, le dorlota une seconde et, dans un tintamarre de carillon, lui ouvrit la porte d'entrée sur laquelle il grattait déjà avec toute la vigueur que commandait une envie pressante. Tout cela se déroula, comme d'habitude, sous les yeux d'Hélène qui astiquait en chantonnant les crochets en laiton qui servaient à suspendre les clés. Parce qu'Hélène aimait chanter.

Depuis l'avalanche, la façade de l'hôtel était ceinte par une sorte de rempart neigeux de près d'un mètre que Lucien s'efforçait de réduire, à grands coups de pelletées. Mais le chantier était vaste et bien que Romain l'ait aidé la veille, on était toujours obligé de s'armer de guiboles vaillantes pour varapper et sortir du bâtiment.

Michèle attrapa donc Monsieur Chang avant qu'il puisse lever la patte et monta le presque mètre qui les séparait de l'horizon. Arrivée en haut, elle déposa le chien sur le sol et le laissa vadrouiller à sa guise tandis qu'elle amorçait quelques étirements, mouvements de gymnastique douce et autres ébauches de *Qi Gong*. Puis, sentant que son esprit et son corps étaient en phase, elle contempla avec satisfaction le paysage magnifique que lui offrait la montagne jurassienne éclaboussée de soleil. Elle songea qu'on était bien, là, et que son époux était un sacré farceur. Et que c'était fou de réaliser que cinquante années étaient passées à la vitesse d'une comète.

À cet instant, elle perçut des aboiements étouffés. Elle prit une grande bouffée d'air et se dirigea vers Monsieur Chang dont elle ne distingua que les pattes de derrière. Le petit terrier s'était, comme souvent, coincé le cou dans un talus. Décidément, sa collerette l'avait rendu d'une maladresse à toute épreuve. *Pauvre Monsieur Chang,* déplora intérieurement Michèle. Elle se dépêcha de le dégager. Le museau tout blanc, le petit chien émit un grognement horripilé, secoua sa tête frénétiquement, et, la queue haute, repartit en vadrouille. Cette fois, elle le talonna, histoire d'être près de lui si jamais…

L'employé de l'épicerie-poste-bistrot se tenait près de sa motoneige qu'il venait de garer à deux mètres de l'entrée de service de l'hôtel. Trois cartons attachés par un cordon élastique recouvraient la remorque du scooter. La porte s'ouvrit en grand et Laurine surgit. La jeune femme émit un petit cri perçant, courut vers le jeune homme, sauta sur lui, manqua de le faire tomber. Il tendit instinctivement le bras vers la motoneige pour se rattraper et se laissa embrasser avec une avidité qui fit rougir Michèle qui n'était pourtant pas née de la dernière pluie.

Quand Laurine finit par lâcher le jeune homme, celui-ci détacha les cartons en commentant :

— Là, c'est le fromage et le pain. Dans celui-ci, t'as la lessive qu'Hélène a commandée, et dans le dernier, c'est un cadeau…

— Pour moi ? minauda Laurine.

— Pour toi, pour hier, pour me faire pardonner, répondit-il sur un ton ennuyé.

La jeune femme gonfla la poitrine et se fourra la main dans les cheveux pour changer sa raie de côté.

— Ouais… Bon, tu m'aides à les rentrer ?

— Tout ce que tu veux « bébé » !

— « Bébé » ? rit Laurine en appuyant ostensiblement sur les deux syllabes. Tu m'as appelée « bébé » ?

— J'ai hésité entre ça et morue…

Elle lui frappa gentiment sur l'épaule avec son poing.

— T'es con.

— T'es pas mal non plus…

Laurine saisit un carton et fit un pas vers l'entrée.

— Attends, lança l'homme, y a ça aussi !

Il souleva la selle et en sortit une liasse d'enveloppes.

— Ah ouais, le courrier… Pose-le au-dessus.

Elle coinça les lettres entre son cou et le carton qu'elle portait puis entra, emboîtant le pas à son amoureux qui lui tenait la porte à l'aide de son pied.

Michèle avait assisté à la scène et l'avait trouvée charmante. Cinquante ans. Déjà… Elle rebroussait chemin lorsqu'elle entendit le moteur de la motoneige qui redémarrait et la voix du jeune homme.

— C'est demain, c'est ça ?

— Demain ou après-demain, ça dépendra… répliqua Laurine assez fort pour couvrir le bruit de l'engin.

L'espace d'une seconde, Michèle se demanda de quoi ils parlaient. Mais elle secoua la tête, presque honteuse de sa curiosité.

— Salut morue !

— Va te faire voir, gloussa la serveuse. Et méfie-toi qu'il n'y ait pas un beau mérou dans les eaux claires de La Marmottière… ajouta-t-elle avec un clin d'œil.

Ah, la jeunesse…

– 28 –

Romain se rendit dans la salle de restaurant. Fanny était déjà attablée avec Tom et Lilou autour d'un copieux petit-déjeuner.

Dès qu'elle le vit, la jeune femme lui adressa un signe de la main et l'invita à les rejoindre.

— Bien dormi ? demanda-t-il.

— Super ! répliqua Lilou qui avait la bouche pleine.

— J'étais réveillé à 7 h mais Maman a pas voulu que je me lève, raconta Tom en postillonnant des miettes de croissant.

Un sourire attendri se dessina sur le visage du jeune homme.

— Et vous ? fit-il à Fanny.

Elle croisa le regard cerné de Romain. Devinant que sa nuit avait été aussi courte que la sienne, elle sentit ses joues s'échauffer et se teinter de rouge.

N'importe quoi, se rabroua-t-elle. *Qu'est-ce qu'il t'arrive ma vieille ?*

— Trop peu… avoua-t-elle en se concentrant juste devant elle sur le pain au chocolat qui attendait d'être dévoré.

— Ouais, peu… mais intense ! renchérit-il sur le ton de la blague.

— C'est ça !

Ils rirent de bon cœur.

Un peu plus tard, les enfants eurent l'idée de fabriquer un nouveau bonhomme de neige.

— Vous nous aidez ? proposa Lilou.

— Oh oui, venez avec nous, implora Tom.

Fanny hésita. Faire un bonhomme de neige ne faisait pas vraiment partie de ses activités préférées. Et puis, après sa nuit trop courte, la perspective de cette matinée dehors ne l'enchantait guère. Elle secoua la tête.

— Non, désolée, je…

Mais c'était sans compter sur la force de persuasion de l'équipe d'en face. Lilou et Tom la fixèrent de leurs grands yeux suppliants.

— Vraiment, non, je…

Romain leur prêta main-forte et posa sur Fanny un regard larmoyant de cocker.

— Dites oui…

— Dis oui Maman !

— Viens avec nous !

Les enfants se mirent à tournoyer autour de Fanny en lançant des paroles d'encouragement. Très vite, Romain se joignit à leur parade. Fanny explosa de rire et s'avoua vaincue.

— Bon, bah d'accord du coup…

Sa réponse fut accueillie par une explosion de joie. Attirées par les cris, Emma et Kate, qui bavardaient à deux mètres de là, se retournèrent et les gratifièrent d'un regard amusé.

— Mais vous n'allez pas avoir trop froid ? s'alarma tout à coup Fanny, regrettant aussitôt sa question qui pouvait donner l'impression qu'elle… enfin qu'elle… qu'elle s'inquiétait pour Romain, alors que…

— Ne vous en faites pas, je mettrai ma cape magique.

Et hop, il saisit Tom, le bascula sur son épaule et le fit voler jusqu'à la sortie du chalet, sous les acclamations du garçonnet : « Vers l'infini et au-delààààààà ! »

Et voilà l'équipée partie en quête de l'emplacement idéal, avec une surface ni trop en pente ni trop irrégulière. Après des débats passionnés, ils convinrent d'un lieu et se mirent à l'œuvre. Lilou entreprit de modeler une boule de neige, de la faire rouler jusqu'à l'obtention d'une boule plus massive qui pourrait tenir lieu de tête, Romain et Fanny s'occupèrent du corps, Tom lui sculpta des sabots – enfin, c'est ce qu'il s'évertua à expliquer à sa sœur qui fronçait les sourcils : « Mais enfin, ça n'a pas besoin de chaussures un bonhomme de neige ! » « C'est pas des chaussures, c'est des sabots, c'est pas fait pour marcher beaucoup ! Pffff, t'y connais rien… »

Au bout d'une demi-heure, tout le monde se recula pour évaluer le travail accompli. Lilou estima le bonhomme pas mal quoiqu'un peu de travers, Tom le jugea trop gras et lui conseilla de suivre un régime, Romain proposa de lui dessiner un grand sourire qui viendrait remplacer ce petit air contrarié que lui conférait sa bouche en cœur – c'était une idée de Lilou – et Fanny, eh bien, Fanny, comment dire… Fanny trouva ce bonhomme absolument parfait, tout comme ce moment.

Une sensation de froid cinglant dans le cou la ramena à la réalité. Elle hennit de stupeur. Lilou examinait sa maman d'un air malicieux. Puis, sans crier gare, Tom envoya une boule de neige bien sentie sur la poitrine de Romain qui lui répondit immédiatement par un jet sur les genoux. La bataille était lancée. Très vite, les projectiles fusèrent de part et d'autre, tout comme les éclats de rire et les protestations faussement indignées. On tirait indifféremment sur l'un ou sur l'autre, on était l'assaillant ou la victime, on attaquait ou on défendait, on balançait autant qu'on recevait. La neige glissait sur les épidermes, s'incrustait dans les cols, les manches, humidifiait les tissus. On était trempés jusqu'aux os, mais on était morts de rire. Et sacrément heureux.

— Tournée de chocolat chaud ? suggéra un Romain essoufflé aux cheveux recouvert de flocons.

— Ouaiiiiiis ! s'enflammèrent en chœur les enfants.

— Le dernier arrivé est une cuillère tordue ! fit le jeune homme en s'élançant vers l'hôtel, immédiatement poursuivi par le frère et la sœur.

Le talus de neige se mua en toboggan qu'ils dévalèrent sur les fesses.

— Attendez-moi ! les conjura Fanny.

Pris de pitié, ils l'attendirent en bas de la pente. Mais Fanny hésitait à se jeter. Elle n'était pas très à l'aise avec le vide. Et elle pourrait se casser quelque chose… Comment se débrouilleraient-ils alors ? Dans quelle galère cela les mettrait…

— Allez Maman ! l'encouragea Lilou depuis le bas.

— C'est facile ! observa Tom. Je te rattrape si tu tombes !

Romain tendit le bras :

— Vous pouvez le faire Fanny !

Fanny grimaça. Maudite trouille. Elle n'avait pas toujours été comme ça. Avant la mort de Sébastien. Avant…

— Faites-nous confiance…

Elle inspira.

— Maman, Maman, Maman !!!! scandaient les enfants en battant des mains.

Elle s'assit au bord du talus. L'humidité pénétra à travers ses vêtements.

— Vas-y Maman !

— C'est toi la meilleure !

Elle serra les paupières. Si fort qu'elle vit quelques étoiles. Poussa sur ses bras. Et glissa en émettant un hurlement strident dans lequel s'était incrustée une pointe de quelque chose. Il y avait de la peur, certes, mais aussi un zeste d'excitation. Un grain de folie qu'elle pensait avoir perdu et qu'elle venait de retrouver.

Sitôt qu'elle arriva en bas, ses enfants se jetèrent sur elle. Leur étreinte la plaqua au sol. Romain lui offrit sa main, elle l'accepta en baissant les yeux. Il l'aida à se relever. Elle sourit.

— Vous me trouvez ridicule, n'est-ce pas ?

Il secoua la tête.

— Il m'est impossible de répondre à cette question, je vous rappelle que vous n'avez pas le droit de prononcer la moindre bêtise de la journée. Revenez demain !

Elle le frappa légèrement sur l'épaule.

— Comptez sur moi…

— Vous voulez dire que vous avez un stock d'idioties en réserve ?

— J'en ai tout un entrepôt.

— Il me tarde de les entendre.

— Il faudra penser à prévoir une chaise.

— Bon, on va le boire ce chocolat, oui ou non ? s'impatienta Tom.

Et ils rentrèrent. Sous les yeux de Franck.

– 29 –

Laurine apporta avec grâce les quatre chocolats chauds sur la mousse desquels elle avait pris soin de dessiner des *smileys*. La fumée s'échappait en volute et se dandinait au-dessus des nez retroussés des deux enfants. Les effluves cacaotés s'éparpillèrent dans le petit salon, se mêlèrent à l'odeur du bois. Les corps se réchauffaient et se mettaient au diapason des esprits. On était bien.

Ils échangèrent sur tout, sur rien, Tom souffla sur son chocolat pendant plusieurs minutes, Lilou lapa le sien avec sa petite cuillère. Ils rirent en se remémorant la tête branlante du bonhomme de neige, se demandèrent s'il tiendrait la nuit.

Romain, soudain, cessa de parler, visiblement gêné.

— Je me demandais… commença-t-il en s'adressant à Fanny, une balade en raquettes, ça vous tenterait ? J'ai vu qu'il y en avait à disposition à la réception…

Fanny ouvrit des yeux ronds.

— Oh oui, trop bien les raquettes, en plus j'en ai jamais fait ! On y va qu… ?

Un coup de pied sous la table vint neutraliser l'engouement de Tom. À son geste, Lilou ajouta un regard courroucé. Tom comprit le message et gonfla ses joues en signe de protestation.

— Je… oui, pourquoi pas… bafouilla Fanny, à la fois surprise et heureuse de cette invitation.

Puis :

— Ah mais non, c'est impossible, il y a les enfants, je ne peux pas les laisser tout seuls.

— Si je peux me permettre, on est là, nous, intervint Michèle qui planchait sur son manuscrit un peu plus loin.

Fanny hésitait à accepter. Elle ne voulait être une charge pour personne, embêter Michèle était hors de question. Et puis, elle ne voulait pas que Romain se sente obligé de quoi que ce soit. Lilou sentit que sa maman avait besoin d'un coup de pouce.

— On sera sages, promis !

Romain la regarda, d'un air de dire « Vous voyez ? » Fanny réfléchit à toute vitesse : après tout, ce n'était qu'une balade qu'il lui proposait, ça n'engageait à rien, ce serait l'occasion de visiter le coin, d'apprendre des choses, de sortir de l'hôtel, de… Bref, elle accepta.

Elle se prépara à cette randonnée avec le plus grand soin. Ce n'était pas un rendez-vous, cela n'avait rien à voir, d'ailleurs, ce n'était qu'une promenade en raquettes entre amis. « Amis » ? Non, même pas, entre deux potes, deux connaissances, deux personnes coincées par inadvertance au même endroit par une avalanche.

Il se prépara à cette randonnée avec le plus grand soin. Ce n'était pas un rendez-vous, cela n'avait rien à voir, d'ailleurs, ce n'était rien du tout. Mais quand même, c'était agréable d'être avec Fanny.

Romain l'attendait au bas des escaliers, les deux paires de raquettes pendues au bout de son bras. Quand il vit

Fanny, il les lui désigna d'un signe du menton. Elle accéléra le pas. Ils saisirent les bâtons qui étaient posés contre la porte, sortirent, grimpèrent le talus, s'assirent pour chausser l'équipement. Elle ne parvint pas à attacher les sangles, il l'aida, elle pouffa, gênée de sa propre maladresse et ils partirent tous les deux à l'assaut de la montagne immaculée, le ciel, le soleil, les arbres et quelques pinsons du nord pour uniques témoins.

Ils parlèrent. Beaucoup. Se racontèrent leur vie. Elle évoqua Sébastien, son cancer foudroyant, leur existence à trois, difficile parfois. Il parla de Carole, de cet amour qui s'étiolait, de cet enfant qu'elle refusait, de sa vie loin de chez lui, de ses jeux, de son impression de s'être trompé de route et de n'être pas tout à fait à sa place. Ni l'un ni l'autre ne se plaignaient, ils ne larmoyaient pas. Il s'agissait juste d'une constatation, d'un état de fait, d'un bilan.

Ils s'écoutèrent. Par trois fois, Romain acheva une phrase que la jeune femme avait entamée. Par deux fois, Fanny devina un mot qu'il avait sur le bout de la langue mais qu'il ne réussissait pas à formuler. Tout en arpentant les sentiers, ils se découvrirent une multitude de points communs, s'étonnant de goûts similaires et de petites fantaisies honteuses identiques : il adorait les cerises au kirsch, elle tuerait pour un Monchéri là tout de suite ; elle aimait danser sur Dalida, il se prenait pour Claude François devant sa glace en se rasant ; elle vouait un culte à la série de films *Fast and Furious*, il pleurait devant *Dirty Dancing* et *Bodyguard ;* elle gardait en souvenir un vieux sachet de M&M's périmés depuis quinze ans, il conservait une boîte de Tic Tac entamé à l'âge de 12 ans, parce qu'un joueur de foot célèbre l'avait touchée. Elle s'était imaginée en conductrice de machines de terrassement, il avait à 17 ans envisagé de devenir sage-femme.

— Non, vous déconnez ! s'esclaffa-t-elle malgré elle.

— Pas du tout, je m'étais beaucoup renseigné à ce moment-là, s'indigna-t-il.

— Et qu'est-ce qui vous a empêché de vous lancer ?

— *Tomb raider.*

— Comment ça ?

— Je suis tombé raide dingue de Lara Croft, répliqua-t-il avec le plus grand des sérieux.

Elle rit. Il tomba dans un petit fossé, elle rit davantage avant de courir le sauver. Elle s'écroula à son tour. Sur lui. Et le monde, soudain, eut une autre saveur.

Un peu plus tard, tandis qu'ils traversaient une allée bordée de mélèzes, il fut question de la raison qui les avait poussés à venir dans cet hôtel. Fanny se lança la première.

— C'est à cause de Jean-Noël…

À l'évocation de son grand-père, le visage de Romain s'assombrit. Il craignait que l'état de grâce s'achève, que Fanny lui reproche à nouveau son manque d'empressement à lui rendre visite. Percevant le malaise qui menaçait de s'installer, la jeune femme coupa court immédiatement :

— Ne vous en faites pas, je ne vous blâmerai pas, je sais que, si ça ne tenait qu'à vous, vous passeriez plus souvent aux Tilleuls. Alors voilà, il voulait que je fasse une déclaration en son nom à Hélène. Enfin, c'est ce qu'il m'avait fait croire. En réalité, il voulait sans doute nous forcer à prendre quelques jours de vacances…

Cette fois, la figure de Romain s'éclaira d'un large sourire.

— Et encore, continua-t-elle en riant, vous ne connaissez pas la meilleure. Je le soupçonne d'être parvenu à soudoyer le chat pour qu'il se colle à lui…

— C'est bien son genre, répondit-il en éclatant de rire à son tour. Vous connaissez l'ancien métier de mon grand-père ?

Fanny secoua la tête en reprenant son souffle, avant de répondre :

— On s'entend à merveille, nous nous apprécions beaucoup, mais je dois avouer qu'il est resté très secret sur sa vie.

— Prestidigitateur…

— Il était magicien ?

— Eh oui… avec haut-de-forme et queue-de-pie, découpage, transperçage et mise en lévitation d'assistante, apparition de colombes, de lapins et de plein d'autres animaux improbables, disparition de volontaires du public, tours de cartes… La totale quoi… Quand j'étais petit, il me présentait toujours des tours sensationnels, c'était vraiment dingue chez lui, des oiseaux partout, des cordes, des faux livres, une vraie caverne d'Ali Baba. Le gosse que j'étais s'en est donné à cœur joie, j'adorais passer du temps avec lui. C'est d'ailleurs pour ça que je suis là. Il m'a demandé de lui récupérer un jeu de cartes qu'il avait confié à Hélène dans les années cinquante, son jeu fétiche, une sorte de porte-bonheur. Il voulait le manipuler une dernière fois…

La mine de Fanny se para à son tour d'un masque de tristesse.

— Vous pensez qu'il va…

Le reste de la phrase se perdit dans un sanglot. Romain posa la main sur son épaule et s'efforça de cacher la tristesse qui l'étreignait lui aussi.

— Mon grand-père est assez imprévisible. Il a toujours eu plus d'un tour dans son sac, vous savez.

La jeune femme essuya la larme qui longeait sa joue, hocha la tête, inspira.

— Et le jeu de cartes ?

— Hélène n'avait pas trop l'air de savoir de quoi je parlais. Elle m'a dit qu'elle allait chercher. Et puis, après, il y a eu l'avalanche et mon problème de cartes est parti un peu aux oubliettes…

Ils reprirent leur marche à travers les chemins balisés, croisant ici un torrent figé par la glace, là un écureuil facétieux bravant le froid et le givre. Loin et longtemps, on entendit résonner la cascade de leurs rires.

Le crépuscule panachait déjà le ciel d'ocre et de champagne quand ils réapparurent à l'hôtel, moulus mais ravis. Elle monta se préparer pour le dîner et se pomponna comme une adolescente à sa première boum, passant près d'une heure à choisir sa tenue. Lui aussi monta se préparer, fit avec les moyens du bord étant donné qu'il n'avait pas apporté grand-chose, abandonna sa peau à l'eau chaude pendant une éternité.

Qu'est-ce qui avait changé ? Deux jours avant, ils ne se supportaient pas, elle avait cru voir en lui un gars hautain et engoncé dans son égoïsme ; il l'avait jugée hystérique, limite dingue, et profondément injuste. Mais aujourd'hui, tout, absolument tout, était différent.

Elle dans sa chambre, lui dans la sienne, un mur recouvert de lambris entre les deux. Elle dont le visage irradiait d'un nouveau bonheur, lui qui n'échangerait sa place pour rien au monde…

Il était déjà en bas quand elle s'engagea dans les escaliers. Au moment où elle posa le pied sur la première marche, il se tourna dans sa direction. Il vit d'abord les escarpins, les mollets recouverts d'un voile léger ensuite, la robe noire simple qui cintrait sa taille fine et lui seyait parfaitement. Il devina avec émotion les bretelles sur ses épaules recouvertes d'un cardigan aubergine, se troubla devant ses cheveux remontés en chignon, ses yeux ombrés d'un trait sombre.

Elle lui adressa un sourire contrit, mal à l'aise, se détestant soudain de s'être ainsi déguisée en femme et d'en avoir trop fait.

Il fut bouleversé de la voir si belle.

— Eh bien, heureusement qu'il est marié celui-là, parce que mazette, j'aurais du souci à me faire autrement !

La voix du représentant en aspirateur avait retenti dans tout l'hôtel.

– 30 –

La réflexion de Franck avait rompu le charme : Fanny s'était statufiée dans les escaliers, Romain zieutait ses chaussures en maudissant l'alliance qui emprisonnait son annulaire. Et tandis que le vendeur s'éloignait en sifflotant, les deux jeunes gens se noyèrent.

Fanny savait bien que Romain était marié, qu'il n'était pas disponible, d'ailleurs ce type-là était sans doute trop bien pour elle, hein, que s'était-elle imaginé au juste ? Mais voilà, il lui plaisait, beaucoup même ; grâce à lui, quelque chose qu'elle croyait éteint s'était réveillé.

De son côté, Romain pensait à Carole, à son engagement auprès d'elle, à leur existence de travers, à ce jour où il lui avait juré fidélité, à cette nuit où il avait compris qu'elle voyait quelqu'un d'autre, à son manque de haine, son absence de jalousie envers celui qui lui prenait sa femme, à son indifférence. Plus encore, il songeait à cette femme, là, juste devant lui, qui avait la forme d'une promesse. Une promesse qui, s'il en croyait la mine chagrine que Fanny arborait, s'était envolée.

Avec sa frustration de relégué, le représentant de commerce avait mis le doigt là où ça coinçait. Il avait balancé un sac de sable dans l'engrenage, brisant la magie, anéantissant le sortilège de deux jeunes gens en train de tomber amoureux.

Le dîner se déroula dans une incommensurable gêne, d'autant plus que Franck prenait un malin plaisir à passer et repasser devant la table où s'étaient installés Fanny et les enfants, jusqu'à ce qu'il décide carrément de s'installer avec eux, faisant fi des protestations anesthésiées de la jeune femme. Quant à Romain, il avait finalement choisi de ne pas prolonger le malaise : il était remonté dans sa chambre rapidement, prétextant une lombalgie fulgurante.

Engoncée dans sa robe trop élégante, Fanny était au bord des larmes. Alors que le vendeur se perdait dans un monologue moulé dans l'autosatisfaction, la jeune femme grattait la nourriture du bout de sa fourchette. Cela n'échappa pas à Hélène. La vieille femme s'approcha de la table et s'adressa d'emblée à Franck :

— Dites, vous ne voudriez pas regarder mon aspirateur ? Je crois qu'il est en train de passer l'arme à gauche.

Le représentant de commerce jeta un œil à sa montre et dodelina de la tête d'un air désolé.

— À près de 21 h, chère madame, la boutique est fermée, on voit ça demain ?

Mais Hélène n'était pas de cet avis. Elle était déterminée à offrir à Fanny un peu de tranquillité.

— Eh bien, j'espère que le service après-vente de l'entreprise Bruve n'a pas les mêmes horaires que ses vendeurs. Moi qui pensais finalement vous acheter quelques-uns de vos engins dernier cri, je vais peut-être me tourner vers la concurrence, même s'ils ne me livrent pas en soucoupe volante.

— Ah non, beugla Franck en sautant de sa chaise, moi vivant, je ne vous laisserai pas dépenser votre argent chez cette bande de charlatans de la société Poirier !

Tous les regards se braquèrent sur lui, étonnés. Il se radoucit.

— Allez, venez, je suis un homme faible que voulez-vous, je ne peux pas résister au charme centenaire jurassien.

— « Centenaire ?! » répéta une Hélène scandalisée.

— Non, pardon, je voulais dire, vénérable, honorable.

— Laissez tomber mon petit, vous vous enfoncez dans la raclette. Allons enterrer mon aspirateur voulez-vous…

Malgré sa peine, la jeune femme avait percé à jour le stratagème d'Hélène pour éloigner Franck ; elle lui en fut particulièrement reconnaissante.

Laurine s'était mise à garnir le buffet de desserts. Tom et Lilou se dandinèrent jusqu'à l'étal rempli de gâteaux, mousses au chocolat, tartes au citron et fromages blancs. Avisant sa mère qui n'avait pas touché son plat, la fillette revint sur ses pas.

— Tu veux quoi comme dessert, Maman ? Je te ramène une assiette…

— Rien, merci ma chérie, je n'ai pas très faim.

— Tu es triste ? C'est à cause de Romain ?

Fanny observa sa fille. La lucidité de l'enfant ne cessait plus de la surprendre. Elle réalisa que la fillette serait bientôt une adolescente et devina, derrière les joues rebondies, le visage fin de la jeune femme qu'elle allait devenir. Son cœur se serra de plus belle, sa gorge se noua. Elle se refusa à lui mentir.

— Oui, un peu, dit-elle simplement.

— Je crois que tu devrais monter le voir. À ta place, c'est ce que je ferais… fit la petite fille avec une assurance touchante.

Pour contrer l'argument que sa mère n'avait pas encore prononcé, elle renchérit :

— Tu sais, je peux m'occuper de Tom, je suis assez grande maintenant.

Et, pour mieux persuader sa mère de la laisser gérer, elle énuméra les tâches auxquelles devait s'astreindre son petit-frère avant d'aller au lit : se laver les mains, se brosser les dents, se peigner les cheveux, faire pipi. Elle précisa qu'elle lui raconterait une histoire, qu'elle l'embrasserait sur les paupières – « comme toi, Maman » – et qu'elle lui souhaiterait une belle nuit pleine de doux rêves.

— Tu vois que je saurai faire ? conclut-elle en prenant son air-de-grande-sœur-qui-sait-des-choses.

C'est ainsi que Lilou parvint à convaincre Fanny. Et cette dernière, qui avait peur de tout depuis le décès de Sébastien, accepta pour une fois de courir le risque de souffrir.

Elle se tint immobile devant l'escalier pendant un moment aux allures d'éternité, hésitante, s'efforçant de calmer les battements qui bombardaient sa poitrine. Puis elle monta fébrilement les marches une à une, les jambes flageolantes. Elle tremblait de tous ses membres, son estomac comme attaché à une enclume. L'ascension de l'Everest ne lui aurait pas semblé plus éreintante. Au prix d'un effort titanesque, elle réussit à atteindre le niveau supérieur. *Voyons*, se fustigea-t-elle, *tu n'as plus 16 ans, reprends-toi ma vieille, tu es ridicule. Il ne va pas te manger…*

Elle s'arrêta devant la chambre, rongea l'ongle de son index droit, fit taire la petite voix qui lui commandait de respecter le choix de Romain et de ne rien tenter, tout en augmentant le volume de celle qui l'enjoignait à avoir une discussion franche avec lui, histoire de savoir, de comprendre, enfin histoire de voir si ce qu'elle avait cru n'avait été qu'une vue de son esprit. Elle posa son oreille contre la porte, n'entendit rien, se résolut à frapper, si timidement que personne ne répondit.

Elle insista, effrayée par sa propre audace. Toc toc toc.

— C'est Fanny... marmonna-t-elle tout près des gonds.

La porte s'ouvrit.

– 31 –

— Excusez-moi, je peux vous déranger une minute ?

Hélène considéra la femme enceinte. Emma se tenait à quelques mètres de la vieille femme, son ventre rond tendu à l'extrême, tout comme le reste de son corps d'ailleurs.

— Bien sûr.

L'hôtelière se pencha vers Franck, courbé en deux sur sa calculatrice :

— Dites, jeune homme, on remet notre conversation à plus tard ? Ça me laissera le temps de remplir le bon de commande.

— Vous m'êtes sympathique et j'ai bien envie de vous rendre service, s'empressa-t-il de répondre avec un entrain méfiant. Je vais vous le remplir, moi, le bon de commande, comme ça, vous n'aurez plus qu'à signer. Ça vous va ? Allez, n'en dites pas plus, je m'en occupe tout de suite. Où est-ce que j'ai fourré mon stylo, moi ? Vous ne l'auriez pas vu, par hasard ?

Il se baissa sous la table.

— Oh bah mince alors, ronchonna-t-il, il est où, ce fichu stylo ?

Emma se tourna vers Kate d'un air suppliant. Ses yeux lançaient des « Aide-moi, je t'en prie ». Kate soupira. *Tu parles d'un chien de poche*, songea-t-elle en constatant que Franck était toujours là au mauvais moment et qu'il fallait à chaque fois lui jeter une corde à nœuds pour qu'il daigne s'éloigner. Ni une ni deux, Kate fut sur le pont :

— T'sais qu'à Québec, on a du mal à trouver de bons aspirateurs. Une fois, j'en ai acheté un, j'avais obtenu une aubaine de 50 %, mais c'tait pas un bon *deal*. Tu livres au Canada ? Parce que dans ma *job*, on n'en a pas assez. Il en faudrait une bonne centaine.

L'autre se cogna contre le bord de la table, stupéfait. Ce n'était pas tous les jours que Franck Deguerre explosait le compteur des ventes. À ce train-là, il serait sûrement promu vendeur du mois, loin devant cet empaffé de Maurice Trogne. Voire vendeur de l'année. Ah, il allait en faire une drôle de trogne le Trogne ! Et puis, elle était mignonne la Canadienne, avec ses cheveux auburn, ses yeux verts, son petit air mutin et son accent fleuri. On ne comprenait pas toujours ce qu'elle racontait, mais ce n'était pas le plus important, et puis certaines choses sont internationales, n'est-ce pas ?

Il a vraiment d'la mine dans le crayon, pensa Kate en croisant le regard libidineux que lui envoyait maintenant sans vergogne le représentant.

Et elle l'entraîna plus loin, non sans décocher un clin d'œil d'encouragement à Emma. *À toi de jouer !*

La jeune femme avait passé la journée à ressasser ce qu'elle devait lui dire, et, surtout, *comment* elle devait le lui dire. Enfin la journée… disons les deux jours précédents. Elle avait bien failli tout déballer la veille, mais il y avait eu l'histoire des enfants qu'on ne retrouvait plus, il avait fallu remettre à plus tard. Elle avait alors remisé ses paroles parfaitement ajustées pour l'occasion et avait dû se résoudre à attendre, encore, la peur au ventre.

Devant son miroir, Emma avait choisi les mots avec soin, répété les phrases des dizaines de fois, travaillé l'enchaînement des propositions, bref, elle avait préparé son intervention en déployant une énergie phénoménale. Mais là, devant la vieille femme, elle avait un trou. Si près du but, elle ne savait plus ni par où commencer ni comment finir, tout s'embrouillait, c'était une catastrophe.

— Cela a quelque chose à voir avec la chambre ? risqua Hélène pour la dérider.

— Euh non… c'est…

C'est trop dur…

— Avec la nourriture peut-être ? ou les chasse-neige ? Vous vous inquiétez de savoir s'ils ne vont pas tarder ?

— Non…

— De nouvelles contractions ?

— Non plus …

Emma fouilla dans la poche de son jean. Elle en extirpa un document plié et le tendit à la propriétaire de l'hôtel.

— Qu'est-ce que… ?

Hélène porta la main à sa bouche. Si elle n'avait pas été assise, il aurait fallu qu'elle se cramponne à un mur pour ne pas s'écrouler.

— Où avez-vous eu ça ? bredouilla la vieille femme.

— C'est elle qui me l'a donnée…

L'hôtelière s'agrippa à la table et scruta la photographie sur laquelle une femme prenait la pose. Des cheveux longs châtains, un nez droit, des yeux noisette pour un regard solide et déterminé. Un chemisier vert, un jean marron, des bottines. Une bague. De légères pattes d'oie au coin des paupières, un visage moins dur, plus expérimenté, que celui qui s'était échappé trente-cinq ans plus tôt. Non, pas trente-cinq. Trente-quatre ans sept mois seize jours et cinq heures très exactement. Hélène le savait parce que son existence s'était écroulée ce jour-là.

Christine avait alors 20 ans, elle avait claqué la porte et Hélène s'était machinalement tournée vers la grande horloge au-dessus de la porte. Voilà comment se grave l'heure d'un désastre. Avec un réflexe idiot, une nonchalante désinvolture. On croise une pendule presque sans s'en rendre compte et *bing*, ça s'imprime.

Les mille rides de ses doigts palpitèrent nerveusement, sa bouche se contracta en mouvements incontrôlables.

Elle se souvint du silence, affreux, sordide, qui avait suivi le vacarme. Ce silence-là, elle l'avait longtemps entendu crier. Elle se rappela aussi que le matin de ce jour-là, elle avait ouvert les yeux sur un jour ordinaire. Le soir, elle ne les avait pas fermés. Pas pu. Toute la semaine suivante non plus. C'est la lassitude qui avait finalement eu raison de son insomnie. Sa fille était partie, *vlan* la porte, *clac* la portière de la voiture, *vroum* le moteur, et elle n'était jamais revenue.

Depuis, Hélène comptait les jours et dessinait des croix idiotes sur les calendriers, tel un forçat sur le mur de sa cellule. Les almanachs s'amoncelaient dans son tiroir, au rythme des années qui s'écoulaient. L'inquiétude tapageuse qui, les premiers mois, avait hurlé dans son ventre de mère s'était peu à peu diluée dans une résignation muette. Elle avait fini par accepter l'idée que sa fille ne rentrerait pas, que son enfant s'était inventé une vie nouvelle où elle n'était pas, tout en caressant l'espoir fou, ténu, vissé au cœur et sans en parler jamais, que peut-être, un jour, un soir, une nuit, elle réapparaîtrait, à la faveur d'un regret ou d'un miracle.

Mais pas d'une photo amenée par une messagère à gros bidon venue de l'autre côté de l'Atlantique.

Hélène contempla longtemps le portrait qu'elle ne distinguait plus qu'à travers les gouttes salées qui embuaient son regard. Les larmes débordèrent lentement. Tranquillement. Il y a un âge où l'on ne sait plus pleurer avec fracas.

— Où est-elle ? balbutia-t-elle lorsqu'elle put parler.

— Elle habite près de Montréal.

Sans quitter des yeux le cliché, et sans prononcer un mot, Hélène acquiesça. *C'est bien, ça, Montréal…*

— Elle va bien, au moins ?

— Très bien, oui.

La vieille femme serra les lèvres. *Tant mieux, tant mieux.*

— Elle ne sait pas que je suis là… murmura Emma, la voix éraillée.

Hélène lorgna la jeune femme sans comprendre. Ne sachant pas trop quelle attitude adopter, Emma tordit sa bouche, se gratta la joue, replaça une mèche de ses cheveux courts derrière ses oreilles. Tout valait mieux plutôt que de rester les bras ballants. Ses beaux yeux noisette fixaient tantôt le sol, tantôt le plafond, trahissant son embarras.

Une intuition fulgurante étreignit brusquement Hélène. Elle regarda la photo à nouveau, scruta la jeune femme, revint à la photo, avant de retourner à la jeune femme, photo, jeune femme. Des yeux noisette ! Identiques ! La ressemblance était frappante. Se pouvait-il que cette Emma ait un lien de parenté avec sa fille ?

— Oh mon Dieu, gémit à voix basse la vieille femme en réalisant que sa petite-fille se tenait là, debout, juste devant elle.

– 32 –

Hélène se souleva de son siège. Elle se tint au bord de la table tandis que ses pieds glissaient sur le plancher, en direction d'Emma. Elle tremblait comme une feuille. Quand elle se fut suffisamment approchée de la jeune femme, elle tendit la main vers son visage, l'effleura du bout des doigts. Elle ne parvenait pas à croire que sa petite-fille se trouvait dans la même pièce qu'elle : en la touchant, la partie d'elle-même qui doutait de la véracité de ce moment fut convaincue que ce n'était pas un rêve.

— Mon Dieu, répéta-t-elle.

Emma appuya sa joue contre la paume vacillante.

Il y avait, de part et d'autre, une certaine gaucherie, un mélange de pudeur au contact de l'épiderme inconnu et d'évidence, comme si les peaux se reconnaissaient.

— Vous… tu… je ne sais plus… bafouilla la vieille femme, plus émue qu'elle ne l'avait jamais été.

— Tu, prononça Emma avec difficulté, c'est mieux.

— Viens avec moi, nous avons beaucoup à nous dire, je crois.

Elle entraîna la jeune femme vers la petite porte qui donnait derrière la réception.

— Chez moi… précisa-t-elle en ouvrant.

C'était un intérieur étroit, propret, assez sombre. Un grand tapis bordeaux réchauffait le sol ; un canapé et un fauteuil sur les accoudoirs duquel on avait disposé deux napperons encerclaient une petite table basse ronde en pin massif ; des assiettes étaient exposées sur un buffet contre le mur, ainsi qu'un vase contenant un bouquet de fleurs artificielles et une dizaine de cadres ; quatre lampes de chevet éclaboussaient la pièce d'auréoles moutarde. Emma se remémora la maison de poupées de son enfance, elle n'était pas si différente de ce salon.

Hélène l'invita à s'asseoir sur le canapé. Et Emma commença à parler de sa mère. C'était un peu dans le désordre, ampleur de la tâche oblige, mais enfin l'essentiel y était. Elle lui raconta comment Christine avait choisi de s'installer au Canada, son métier de fleuriste, l'homme qu'elle avait rencontré en préparant un bouquet de roses et qui était devenu son père, comment il s'était volatilisé un soir d'automne, comment sa mère l'avait élevée, comment elle s'en était bien sortie.

Elle s'évertua à résumer les trente-cinq années qui manquaient à la vieille femme. Hélène buvait ses paroles. Elle brûlait d'envie de connaître les détails, il y avait tant de choses à rattraper, mais elle ne pouvait pas se résoudre à interrompre Emma, de crainte de rater l'essentiel en s'agrippant aux détails, de crainte aussi que se tarisse le flot de paroles et que cette présence disparaisse aussi vite qu'elle était arrivée.

— Voilà, fit Emma quand elle eut achevé de raconter l'histoire de Christine, c'est tout.

— Et toi ? Tu ne m'as pas parlé de toi…

Emma se rembrunit, un poids lourd sembla tout à coup lester sa poitrine. La première étape des révélations était terminée, il fallait maintenant passer à la seconde.

Celle que la jeune femme redoutait depuis qu'elle avait posé le pied aux Cinq Marmottes.

— Tu vas avoir un bébé… l'aida la grand-mère.

— Ah oui, un bébé… articula Emma en fixant son ventre comme si elle venait tout juste de réaliser qu'elle était enceinte.

Hélène perçut qu'elle touchait une question sensible.

— C'est bien, ça, un bébé, répondit-elle seulement.

Emma prit une grande inspiration.

— Il n'a pas de papa…

Hélène arqua un sourcil étonné qu'elle compensa immédiatement par un air amusé.

— Ça vaut parfois mieux…

— … mais il a deux mamans ! la coupa Emma sans oser regarder la vieille femme.

C'est dommage, elle aurait dû. Parce qu'elle se serait alors rendu compte que les yeux d'Hélène étincelaient de bonheur.

– 33 –

La première fois qu'il entendit toquer à la porte, Romain se précipita sur son lit, s'efforçant de prendre une pose aussi naturelle que possible.

Cela faisait plus de deux heures qu'il déambulait dans sa chambre, incapable de rester tranquille. Ce n'était évidemment pas la lombalgie qui l'avait poussé à s'éloigner de Fanny, c'était la peur de prendre une décision. Une mauvaise décision. Et il avait vu dans le regard de Fanny qu'elle n'avait pas été dupe de son excuse.

La vérité était qu'il était en train de tomber fou amoureux de cette aide-soignante. Auprès d'elle, il se sentait bien, formidablement apaisé. Lui qui éprouvait les plus grandes difficultés à trouver sa place dans le monde avait pour la première fois l'impression que sa place était là, à ses côtés. Il n'avait jamais senti une telle complicité avec qui que ce soit. Ils ne se connaissaient que depuis quelques jours, et pourtant, il n'imaginait plus sa vie sans elle. Les âmes possédaient-elles plusieurs existences ? Aujourd'hui, il y croyait. Car comment, sinon, expliquer l'évidence qui le frappait dès qu'il était à proximité de la jeune femme ?

Et puis, elle était si belle ce soir. Si poignante, si troublante. Il en avait oublié Carole. Jusqu'à ce que ce vendeur d'aspirateurs lui rappelle qu'il n'était pas libre. Alors il avait préféré s'éclipser. Et souffrir en espérant que le temps lui offrirait l'oubli et la consolation nécessaires pour qu'il puisse retrouver son quotidien pépère, fait de petites mondanités et de grandes compromissions.

On frappa à nouveau. Trois coups timides, presque inaudibles, lancés contre la porte de sa chambre, accompagnés d'un murmure : « C'est Fanny… »

Il se releva, le cœur au bord des lèvres, essuya ses mains moites sur ses cuisses, s'achemina vers la porte, saisit la poignée, l'abaissa lentement, ouvrit.

Fanny se tenait devant lui. Son chignon s'était quelque peu défait, des mèches pendaient le long de ses joues. De discrètes coulures abîmaient la face inférieure de ses paupières. Avait-elle pleuré ?

Il eut subitement envie de la prendre dans ses bras, de la serrer contre lui, de lui promettre que tout irait bien, qu'ils seraient heureux jusqu'à la fin des temps, que rien ni personne ne pourrait se mettre en travers de leur route. Mais il se retint, évidemment.

— Je vous dérange ? demanda-t-elle dans un filet de voix ténu.

— Non… répondit-il en s'écartant de l'embrasure pour la laisser pénétrer à l'intérieur de la pièce.

Elle s'engagea dans la chambre. Dans un silence pesant.

— Et votre dos, ça… ?

— Ça va… ça va mieux… merci…

— Ah… tant mieux…

Le silence, à nouveau, plombant, désarmant. Et le trouble qui progressait encore.

— Je suis navré pour le dîner, c'était…

— Votre dos, oui, je sais…

— Ouais, mon dos…

Dehors, le vent s'affolait et claquait contre le carreau.

— Voilà voilà… fit la jeune femme pour ne pas laisser ce fichu silence s'installer.

Comment se pouvait-il qu'une gêne aussi féroce prenne le pas sur tout ce qu'ils avaient partagé ces deux derniers jours ?

— Écoutez Fanny, je suis désolé si je… enfin, je ne voulais pas vous faire de la peine… je ne sais pas si je vous en ai fait, d'ailleurs, peut-être que non, sûrement que non… mais si c'est le cas, ce n'était pas volontaire… Eh merde, je suis complètement nul, lâcha-t-il enfin en s'affalant sur le lit.

Fanny s'installa à ses côtés. Les jambes croisées, le dos droit, les mains crispées.

— Je ne vous trouve pas nul…

— Vous devriez.

— À vrai dire, développa Fanny en rougissant, je vous trouve même plutôt doté de pas mal de qualités…

Romain sourit tristement.

— Ça, c'est parce que vous êtes une optimiste…

— Je suis tout sauf une optimiste, répliqua la jeune femme d'un ton sec en fixant une minuscule fissure qui courait sur la plinthe. Je suis sans doute la fille la plus pessimiste du monde, la plus triste, la plus morne, la plus…

— La plus merveilleuse…

Il frôla sa main. Une douce chaleur parcourut le bras de Fanny. Elle s'accrocha à ses doigts, le regard toujours obstinément amarré aux aspérités dérisoires de la chambre.

— Fanny, s'il vous plaît…

Elle dirigea son regard vers lui, lentement, priant pour que le coquelicot de ses joues ne soit pas aussi visible qu'elle le craignait. Surtout, ne rien laisser paraître, ne pas montrer que ça compte.

Pendant une seconde, chacun se perdit dans les yeux de l'autre. Une seconde providentielle suspendue entre deux rives. Le jeune homme finit par baisser les yeux, écrasé par sa propre peur. Fanny, de son côté, rassembla tout son courage et lui vola un baiser, léger, fragile, pudique, avant de s'excuser tout de suite après, dans un souffle.

— Pardon, je n'aurais pas dû…

La seconde suivante, ils s'embrassaient. Et cela avait, pour lui comme pour elle, un goût de renaissance.

Sans doute devrions-nous sortir de la chambre et ne pas raconter ce qui est arrivé ensuite. Après tout, ce moment n'appartient qu'à eux. Qu'à eux cet instant où il est allé chercher la chaleur de son cou, où il s'est imprégné de son odeur ; qu'à eux cet instant où son chignon, totalement défait cette fois, s'est transformé en cascade sur le coton de la taie d'oreiller ; qu'à eux cet instant où il est revenu à sa bouche, cet instant où elle a caressé ses épaules, où ses phalanges ont exploré sa peau, l'ont trouvée douce, cet instant où il a fait glisser une bretelle, puis l'autre. Qu'à eux cet instant où le reste du monde, tout à coup, n'avait plus la moindre importance.

Mais l'esprit emprunte parfois des détours bien compliqués. Peu à peu, une intruse s'immisçait dans la tête de Romain.

Carole.

— Je ne peux pas… je suis marié, pardonne-moi…

Fanny n'insista pas.

— Je comprends.

Oui, elle comprenait qu'il était un type bien, trop bien pour tromper sa femme. Et ça la déchirait. De quel droit le poussait-elle à faire exploser son couple ? Qui était-elle pour venir semer la zizanie dans la tête de cet homme ?

Elle se leva sans un mot, défroissa sa robe, attrapa ses escarpins, ne les enfila pas, se trouva pathétique, trouva en fait toute cette histoire assez pathétique, et s'enfuit.

Oh, pas loin, juste derrière la porte qu'elle venait de claquer. Là, elle glissa sur le sol, pleura sans verser une seule larme. Et pria pour que cette porte s'ouvre à nouveau.

Romain, lui, se tenait de l'autre côté de la porte, torse nu, serrant les poings, tête baissée.

« Eh merde, fait chier, quel con ! » rugit-il, en colère contre lui, contre sa lâcheté, contre ce qu'il venait sans doute de perdre, contre ce qu'il faisait subir à cette femme formidable qu'était Fanny, contre cette deuxième chance que lui offrait la vie et qu'il n'était même pas fichu de saisir.

Voilà comment une porte peut séparer deux êtres. Juste une porte…

– 34 –

— Je vais être arrière-grand-mère… prononça Hélène, les yeux inondés de larmes.

À son âge, elle n'attendait plus grand-chose de l'existence. À plus de 80 ans, l'avenir n'était même plus un souvenir ; c'était, au mieux, devenu un concept. Et voilà cette jeune femme, belle comme le jour, qui apparaissait et lui donnait une raison de vivre quelques centaines d'années supplémentaires, le temps de voir grandir un petit bout de chou tombé du ciel.

Emma crut qu'Hélène n'avait pas entendu. Elle répéta :

— Deux mamans, pas de papa, vous… tu comprends ?

— Je suis vieille, certes, mais pas sénile, lui répondit affectueusement sa grand-mère. Bien sûr que je comprends ce que ça signifie. Et puis quoi ? Est-ce que c'est si important ?

— Non, bien sûr, mais je ne voudrais pas qu'il y ait de malentendu, précisa Emma qui commençait enfin à se sentir un peu mieux.

Hélène sourit. La lumière ocre conférait à son visage une bonté et une bienveillance quasi irréelles.

— Tu n'as pas besoin de la bénédiction d'une marmotte déplumée comme moi. Tu n'as d'ailleurs besoin de la bénédiction de personne pour vivre comme tu l'entends.

— Dommage que Maman ne soit pas du même avis, soupira tristement Emma.

— Christine n'a jamais été très compréhensive. Mais je suis certaine qu'elle finira par s'y faire, ta mère est têtue, mais c'est une bonne fille au fond. Et l'autre maman, dis-moi, comment est-elle ?

— Mais tu la connais ! C'est Kate, elle est avec moi !

— Ah mais oui, bien sûr, quelle andouille je fais ! Tu ne veux pas l'inviter à boire quelque chose avec nous ? Et puis, ça la sauvera des griffes de ce Franck des aspirateurs machins !

Elles rirent de bon cœur.

— Si ça se trouve, il est en train de lui faire les yeux doux ! gloussa Emma.

— Ou de la demander en mariage ! renchérit Hélène.

— Je suis sûre qu'il va essayer de la convaincre à coup d'aspirateurs gratuits.

— Dépêche-toi d'aller la chercher, il pourrait bien en plus ajouter des sacs à poussière. On ne sait pas de quoi il est capable !

Là-dessus, elles s'esclaffèrent. Les larmes de rire se mêlaient aux larmes de joie de s'être enfin trouvées. Sans crier gare, Emma enlaça soudain la vieille femme, susurra un « Merci » qui venait de très loin.

— Vas-y vite, je sors l'absinthe, balbutia cette dernière, des trémolos dans la voix.

— L'absinthe ? Si tu as une tisane, ce serait sans doute plus indiqué vu mon état…

— Une tisane ? s'indigna allégrement l'hôtelière. Une tisane… ah, la jeunesse… Va chercher cette pauvre Kate avant qu'il soit trop tard, je vais tâcher de te dégoter une camomille ou une verveine puisque tu tiens vraiment à droguer ce pauvre enfant.

Et elle lui décocha un clin d'œil. Emma s'envola comme un charme.

Vingt minutes plus tard, Hélène, Kate et Emma buvaient en bavardant gaiement. Elles évoquèrent le bébé, parlèrent sérieusement, blaguèrent beaucoup, se gaussèrent énormément. Emma servait de temps en temps de décodeur à Kate, Hélène n'en finissait plus de se tordre de rire en entendant les expressions imagées utilisées par la Canadienne qui, de son côté, mettait un point d'honneur à épuiser son dictionnaire pour amuser la galerie.

Elles firent des plans sur la comète, se jurèrent de ne jamais plus se quitter vraiment, évoquèrent les autres gens présents à l'hôtel, se promirent de faire leur possible pour que tout le monde soit aussi heureux qu'elles l'étaient à ce moment-là. D'ailleurs, à ce propos, Kate leur soumit une idée…

Bref, ce fut une soirée mémorable, arrosée de spiritueux dans des verres à liqueur et d'infusions dans des tasses en porcelaine. Une soirée de touchantes retrouvailles, de rencontres exceptionnelles. Une soirée passée en famille, en somme. On était le 23 décembre et l'esprit de Noël, s'il existait, semblait avoir frappé le petit intérieur d'Hélène.

D'ailleurs, pas très loin de là, dans le salon de l'hôtel, le sapin faisait le fier, exhibant ses épines vigoureuses sous les boules et les guirlandes luminescentes qui clignotaient à plein régime.

Dommage qu'il ne puisse pas irradier jusqu'au premier étage…

– 35 –

Dommage, en effet, qu'il ne puisse pas traverser le plafond et apporter un peu de bonheur au premier étage…

Le premier étage où Fanny se résolut enfin à regagner sa chambre. Romain ne l'avait pas rattrapée, il n'avait pas rouvert la porte, c'était sûrement mieux ainsi. Dans quelle histoire pitoyable se seraient-ils embarqués autrement ? Devenir la maîtresse d'un homme marié, être celle qui attend, qui excuse, celle à qui on aurait sans arrêt promis de divorcer bientôt ? Non merci, trop peu pour elle. Sa vie était déjà assez compliquée entre son boulot, ses heures de transport, son découvert à la banque dès le 15 du mois, son obligation de jongler entre tous ses impératifs. Et puis, il y avait l'éloignement : il habitait près de Besançon, elle était en banlieue parisienne. À la tristesse navrante d'avoir une liaison avec un homme marié, il aurait aussi fallu ajouter les difficultés d'une relation à distance ? Non, vraiment, ça valait mieux ainsi. Pour eux deux. Quant à la douleur, elle guérirait. On guérit toujours. Ou presque. Après tout, ce type n'était rentré dans sa vie que depuis quelques heures. Il pouvait bien en sortir aussi sec, non ? Elle était ridicule. Comme d'habitude.

Elle marqua une pause devant sa porte et lâcha un dernier regard désolé vers celle de Romain. C'est là qu'elle aperçut Lucien. Le vieil homme, assis sur un tabouret et adossé contre le mur, la scrutait en taillant un morceau de bois avec un petit couteau pointu.

— Bonsoir, se crut-elle forcée de dire.

— 'soir, répondit l'autre en enfonçant la pointe de sa lame contre le pauvre bout de bois.

Elle sentit son palais s'assécher ; décidément, ce gars patibulaire était inquiétant. Mais, pour l'heure, elle avait d'autres chats à fouetter. D'autres souffrances à calmer.

Fanny appuya discrètement sur la poignée. La pièce baignait dans une lumière dorée, douce. Les enfants dormaient paisiblement. Lilou était allongée près de Tom, un livre ouvert sur la couverture. La fillette avait dû s'endormir sans même s'en rendre compte. Les respirations du frère et de la sœur s'entremêlaient, la couverture montait et descendait, suivant le rythme régulier de leur petite poitrine.

Cette scène touchante arracha un léger sourire à Fanny, sans pour autant parvenir à chasser la tristesse qui nouait sa gorge. Une seconde, elle se demanda si elle ne devrait pas déplacer Lilou, ils dormiraient mieux. Elle choisit finalement de les laisser ensemble pour ne pas briser la grâce de ce moment. Elle ajusta la couverture, reborda le lit, se pencha tour à tour sur le front de ses deux enfants et se dirigea vers la lampe de chevet. Au moment d'appuyer sur l'interrupteur, son regard fut attiré par une feuille de papier abandonnée sur la table de nuit.

C'était un dessin, quatre personnages ébauchés au feutre bleu. Une maman, une fillette, un petit garçon, un papa. Au fond, des montagnes. Et un caribou.

Elle se pinça les lèvres pour tenter de fermer les vannes des pleurs qui grondaient à l'intérieur, écrasa la feuille contre elle, éteignit la lumière, s'écroula sur le matelas et pleura en silence sur le dessin.

Détrempés, les personnages s'enfuyaient. Bientôt, il ne resta plus que des fleurs d'eau sur un papier troué par l'humidité. Et des sanglots étouffés par l'oreiller. Des larmes qu'elle s'était interdit de verser depuis une éternité.

Son nez bouché entravait maintenant sa respiration. Elle quitta son lit pour se rendre dans la salle de bains et se moucher. Éclairée uniquement par la Lune, elle ne distinguait pas grand-chose. Son pied buta sur un objet. Elle retint un juron, se baissa et s'empara de l'obstacle. Elle reconnut son kit à tricot.

Elle le balança rageusement dans le coin où se trouvait sa valise. Regrettant aussitôt son geste, elle le récupéra, l'emporta avec elle.

Elle appuya sur l'interrupteur du néon de la salle de bains et ferma délicatement la porte pour ne pas gêner les enfants. Elle croisa son reflet froissé dans le miroir. Elle se jugea affreuse et lamentable, avec son maquillage dégoulinant, ses cheveux collés sur son front, son nez cramoisi, les bretelles tombantes de sa robe flétrie et le goût des baisers passionnés du jeune homme encore sur la bouche.

Elle souffla dans une feuille de papier toilette avec un bruit de trompette obstruée et fouilla dans le sac en toile. Elle en sortit la moitié du bonnet entamé la veille, ce bonnet qu'elle avait eu l'intention d'offrir à Romain. Cela avait-il le moindre sens aujourd'hui ? Autant tout foutre en l'air.

Elle retira méticuleusement les aiguilles, tira sur le fil de laine et commença à détricoter son ouvrage. Une maille après l'autre, un rang après l'autre. Subrepticement, le sourire de Romain se superposa à l'agonie du bonnet. Sa gentillesse aussi, et la manière avec laquelle il lui avait redonné foi en l'existence, même si cela avait été pour la lui reprendre juste après. Elle repensa à ce bel homme, au froid qu'il n'avait pas hésité à braver pour rechercher Tom et Lilou, à la chaleur qu'elle avait ressentie à ses côtés, aux fous rires qu'il avait mis dans les yeux de ses enfants. L'envie de détruire le bonnet la quitta.

Elle le lui offrirait, en gage de sa gratitude. Et peut-être qu'ainsi, osa-t-elle espérer tout en se rabrouant, il se rappellerait un peu d'elle …

Alors elle y passa une bonne partie de la nuit, assise sur le linoléum froid, le dos calé contre la paroi de la baignoire, les genoux relevés sous sa robe de soirée.

Ainsi se déroulèrent les heures qui suivirent : pendant que d'un côté, certains s'endormaient dans un sourire, les lèvres brillantes d'une liqueur sucrée ou d'une camomille au miel, d'autres veillaient, les bras croisés derrière la tête et la saveur amère d'un immense gâchis au fond du palais pour l'un, la nuque courbée sur son ouvrage et la conviction que l'amour n'était plus qu'un souvenir pour l'autre.

Et, entre tous ceux-là, il y avait les autres. Notamment l'un d'eux, vendeur d'aspirateurs de son état, compétiteur dans l'âme et passé maître, lors de ce 23 décembre, dans l'art subtil du ruminement.

Parce que voilà, Franck n'aimait pas perdre. Et il n'était pas content. Et le destin allait lui filer un sacré coup de main…

– 36 –

Tom s'éveilla le premier. Vêtu de son pyjama rouge à l'effigie d'*Iron Man*, il se tourna vers sa sœur encore endormie et se remémora d'anciennes recommandations d'Arlette : « *Ne réveille pas ta sœur.* » Il soupira, s'amusa à faire des bulles avec sa salive, gigota un peu histoire de voir si cela n'avait pas un effet sur sa frangine, se lassa d'attendre, se redressa avec précaution, observa sa maman dont il ne distinguait que quelques mèches éparses dépassant de la couette, éprouva l'envie d'aller aux toilettes, s'y rendit, oublia de tirer la chasse d'eau et, parce qu'il en avait marre de s'ennuyer, pensa s'engager hors de la chambre dans l'espoir de trouver quelqu'un ou quelque chose pour s'occuper. Il n'était pas très fier, il savait que sortir sans autorisation était proscrit.

Il enfila ses pantoufles poilues qui avaient dû ressembler à deux lapins, il y a longtemps, et se dirigea vers la sortie. Il ouvrit la porte discrètement, avant de la repousser *illico*. Des pas pressés traversaient le couloir et se rapprochaient. La curiosité piqua l'enfant. Il glissa un œil dans l'espace étroit entre le pêne et la gâche et surveilla celui qui venait de s'arrêter devant la chambre d'à côté.

Le cœur battant, il observa l'homme et le vit se pencher pour ramasser ce qui, de là, ressemblait à un petit paquet tout blanc et tout mou. Il le regarda ensuite reposer l'objet, repartir dans l'autre sens, puis revenir sur ses pas, saisir à nouveau ce paquet, lire l'inscription qui s'y trouvait, soulever un pan du papier pour voir ce qu'il y avait à l'intérieur, déchirer le morceau où se trouvait le message, prendre un stylo dans une de ses poches en grommelant, une carte aussi, recopier quelque chose sur le pauvre paquet, s'emparer de son portefeuille, en extraire un carnet de timbres – enfin, si Tom racontait, il appellerait plutôt ça des autocollants rouges –, en coller deux, reposer le paquet et, enfin, descendre les escaliers comme si de rien n'était.

Il est bizarre le monsieur des chaînes, songea Tom avant de prendre son courage à deux mains et de s'engager également dans le couloir. Il jeta un bref coup d'œil au paquet désormais affublé de quelques lignes écrites au stylo bille bleu, de deux timbres et d'un petit trou, rejoignit ensuite les marches, espérant que le buffet serait déjà dressé et salivant à l'idée d'engloutir un pain au chocolat tout chaud. Ou deux, ou dix tant qu'à faire, puisque sa maman ne serait pas là pour l'avertir qu'il finirait par avoir mal au ventre.

Parvenu au rez-de-chaussée, le petit garçon fut irrésistiblement attiré par le sapin de Noël qui scintillait au fond du salon. Le ballet des lumières relégua la promesse d'une ventrée de viennoiseries au second plan des pensées de l'enfant. Ce dernier effleura les boules chatoyantes au relief tantôt lisse tantôt rugueux, suivit la trajectoire de deux ou trois guirlandes, arracha une épine, juste pour voir si ça piquait. Et ça piquait.

— Aïe ! s'exclama-t-il en retirant son doigt d'où s'échappait une minuscule goutte de sang.

Son geste brutal avait fait vaciller le sapin. Une boule s'écrasa aux pieds du garçonnet dans un bruit de verre brisé. Des éclats verts, rouges et argentés brillaient au sol et sur les pantoufles qui n'avaient plus la forme d'un lapin depuis un bail.

— Qu'est-ce que c'est que ce cirque ? tonna une voix.

Le gamin pris en faute sursauta. Face à lui se déployait la silhouette immense de Lucien, sombre dans le contre-jour. L'homme avait surgi de nulle part. Comme aux aguets en permanence, il semblait toujours prêt à fondre sur une proie.

— J'ai pas fait exprès… se justifia d'une voix blanche un Tom grimaçant et apeuré.

Tout à coup, des mains se posèrent sur les épaules tremblantes de l'enfant.

— Ce n'est rien du tout mon grand, prononça Hélène, ne t'inquiète pas.

La douceur de son intonation contrastait avec les éclairs de son regard, destinés à Lucien. Celui-ci souffla, grogna quelques paroles dans lesquelles se détachaient nettement les mots « mioche », « gâté », « pas croyable », « éducation » et, au grand désespoir de Tom qui en trembla de plus belle, « tuer ». Le vieillard traîna ses grosses chaussures sur le parquet qui émit des grincements lugubres. Hélène l'interpella avant qu'il disparaisse.

— Et alors ? lui chuchota-t-elle d'un air inquiet.

Le vieil homme secoua la tête. Non, raté. Hélène prit une longue inspiration.

— J'imagine qu'on ne peut pas gagner à tous les coups…

Le mugissement d'un moteur pétarada soudain dans le calme du petit matin.

– 37 –

Franck était arrivé dans le restaurant le premier. Il était encore tôt, le soleil éclaboussait la pièce, et le ciel, que l'on apercevait derrière les vitres, coiffait les pins alentour d'une couronne d'azur. C'était beau tout ce jaune et tout ce bleu.

Au milieu de toute cette lumière, Laurine dressait les tables en vue du petit-déjeuner. Elle chantonnait une mélodie triste tout en poussant un chariot sur lequel s'empilaient des verres, des couverts, des tasses, des assiettes et des serviettes rouges. Elle se déplaçait lentement, la mine chafouine : elle paraissait d'humeur maussade.

Franck la trouva jolie, avec sa figure tristounette. Un peu « montagnarde » avec son teint de pivoine, mais jolie. Après tout, il y avait peut-être quelque chose à sauver dans ce séjour forcé au fin fond du Jura.

Il lui proposa donc son aide. Aucune femme ne pouvait résister à un homme galant. Mais elle refusa, au grand dam de Franck.

— Non merci, asseyez-vous. Ça vous ennuie d'attendre encore cinq minutes pour votre café ?

— J'insiste mademoiselle, laissez-moi vous donner un coup de main. Nous irions plus vite.

Il avait appuyé sur le « Nous ». Ce qui n'échappa pas à la jeune femme. *Beurk*, se dit Laurine, *trop de gomina tue la gomina…* Dans un sourire enjôleur, il passa derrière elle, effleura ses mains et saisit les verres qu'elle tenait et qu'elle s'apprêtait à poser sur l'étal du buffet.

Elle songea qu'après tout, si ça lui faisait plaisir de mettre la table, il n'y avait sûrement pas de mal à ça. De toute façon, elle n'avait pas très envie de travailler ce matin. Pas étonnant, étant donné ce qui s'était passé hier soir.

Comme presque tous les soirs, après le service, Kévin et elle s'étaient rejoints. Depuis l'avalanche qui empêchait tout accès à la route, il venait la récupérer un peu plus loin pour ne pas gêner les clients avec le tapage de son moteur au beau milieu de la nuit. Mais voilà, entre la serveuse et l'employé de l'épicerie-poste-bistrot, tout allait de mal en pis : la fréquence de leurs disputes augmentait, tout comme leur intensité. Elle le soupçonnait de flirter avec cette pimbêche de Diane, la fille du plus gros loueur de skis de Lons-le-Saunier. Il y a un peu plus d'une semaine, elle avait découvert un échange de messages qui portaient à confusion en fouillant dans son portable – ce dont elle n'était d'ailleurs pas très fière. Elle avait bien remarqué qu'il n'avait pas répondu aux avances de cette grande gigue – *a priori*, on n'est jamais sûr de rien, remarquez –, mais elle restait convaincue que s'il ne lui avait pas parlé de lui-même de l'échange de SMS, c'était bien qu'il y avait anguille sous roche. Et elle craignait que l'anguille soit justement celle de son Kévin. Depuis, elle voyait le mal partout, et lui s'évertuait à la rassurer. Mais c'était sans compter sur l'extrême jalousie de Laurine, que de simples paroles ne suffisaient plus à endiguer.

La veille donc, Laurine était parvenue à remettre les pieds dans le plat et le sort de cette pauvre Diane dans la fondue. La jeune femme s'était d'ailleurs révélée sacrément douée à ce jeu-là : elle réussissait à détourner n'importe quel sujet de conversation et à faire invariablement bifurquer la discussion vers la fille du loueur de skis. Kévin avait tenté, pour la énième fois, de lui expliquer que Diane était certes mignonne, certes sympa, mais qu'elle n'était rien de plus à ses yeux, que c'était d'elle qu'il était amoureux. Trop tard, le mal avait été fait, ou plutôt dit : de ce déluge d'arguments, Laurine n'avait pioché que le « Diane mignonne » et le « Diane sympa », et cela avait suffi à déclencher une bataille mémorable. Claque (encore), cris (toujours), elle avait menacé de tout arrêter là puisque de toute façon, il n'avait d'yeux que pour l'autre et qu'il n'avait même pas le cran de le lui avouer. Cette fois, Kevin avait perdu patience. « Bien, lui avait-il répondu, cette fois c'est bon, on stoppe », sonnant le glas d'une relation qui commençait vraiment à lui courir sur le haricot.

Bref, elle s'était fait larguer par le garçon dont elle était éperdument amoureuse. Laurine sans son Kévin, c'était comme une montagne sans torrent, un groupe sans guide : c'était bancal.

D'ici peu, il arriverait. Et elle allait devoir faire bonne figure si elle voulait lui faire regretter sa décision. Ou au contraire se cacher pour qu'il ne voie pas à quel point leur séparation l'avait ébranlée. Sa stratégie n'était pas encore arrêtée.

Et voilà l'autre représentant de commerce qui venait manifestement de décréter qu'il était temps de passer à l'action. Après s'être fait gentiment évincer par Fanny puis par Kate, il tentait le coup avec elle. Des lourdauds, elle en avait croisés au cours de sa courte carrière de serveuse. Mais des comme lui, ça ne courait pas les rues.

Elle regarda le docteur ès aspirateurs s'affairer à mettre la table à sa place : content, il lui souriait en lui lançant des clins d'œil qu'il jugeait appropriés, incitatifs, irrésistibles. Elle les trouva grotesques. Oui, de tous les types qui avaient essayé de la draguer, et il y en avait eu un paquet, celui-là était sans doute le plus tapé. Un affamé, un véritable cliché ambulant. Pas méchant pour deux ronds, mais pas très finaud.

— Et maintenant, on fait quoi ? demanda-t-il lorsqu'il eut terminé. Il y a peut-être des choses à préparer, je vous accompagne dans la cuisine si vous voulez… J'ai toujours adoré préparer les œufs brouillés, surtout le matin pour une jolie fille. Je suis certain que vous aimez les œufs brouillés…

— Nan, je déteste les œufs le matin. Surtout brouillés.

— Ah ? Bon…

Le bruit d'un moteur enfla à l'extérieur et se faufila jusqu'aux tympans de Laurine qui se raidit. Le moment tant redouté de la confrontation était arrivé. Sans demander son reste, elle sortit, suivie par Franck qui, cette fois, se jura de ne pas laisser passer sa chance. Il l'intéressait, c'était clair comme de l'eau de roche, et il aurait fallu être un sacré crétin pour ne pas s'en apercevoir. Enfin, selon lui. La motoneige de Kévin était encore à bonne distance quand ils arrivèrent sur le pas de la porte.

Kévin était en colère. Contre Laurine qui refusait de lui accorder sa confiance, contre Diane qui aurait pu éviter d'envoyer ces messages tendancieux, contre son patron qui l'avait obligé à enfourcher sa motoneige pour se rendre aux Cinq Marmottes comme tous les matins. Et sa fureur augmenta d'un cran lorsqu'il aperçut, à travers la visière de son casque, l'espèce de blaireau qui accompagnait Laurine. Elle n'avait pas perdu de temps ! Si elle espérait le rendre jaloux, c'était gagné, il crevait littéralement de jalousie.

Il passa à la vitesse supérieure. Sa motoneige mugit en crachant tout autour des gerbes de neige. Quand il arriva à hauteur de Laurine qui le regardait sur un air de défi – elle n'avait trouvé que ce regard-là pour dissimuler son chagrin – et qu'il entendit le type à côté d'elle lui demander d'une voix forte si elle était plutôt tartines au Nutella ou croissants, il ne vit plus rien d'autre que son courroux. Sans prendre la peine de couper son moteur ou de retirer son casque, il se leva de son engin et colla son poing recouvert d'une moufle dans le museau du représentant qui, sans comprendre, vit trente-six chandelles.

— Oh mon Dieu, se récria Laurine, en se baissant sur le pauvre commercial. Ça va pas la tête ?

Kévin enleva son casque et le jeta à terre.

— Alors quoi ? T'en peux déjà plus ? beugla-t-il à l'attention du vendeur.

Puis, s'adressant à Laurine :

— T'aurais pu en prendre un qui tienne un peu la distance Lau', fit-il en secouant sa main endolorie.

Il retira sa moufle, s'assura que ses doigts bougeaient encore. Son index était en train de prendre une drôle de forme.

La jeune femme sourit, malgré elle. Kévin n'avait pas hésité à se battre. C'est donc qu'il l'aimait encore.

– 38 –

Romain avait cogité une partie de la nuit, perdu dans le marasme de ses regrets et de ses remords.

Aimait-il encore Carole ? Non. Il éprouvait de la tendresse pour elle. Un peu. Pas toujours à vrai dire. De moins en moins en fait. Mais il lui avait juré fidélité et il était loyal. S'enliser dans le mensonge n'était pas un chemin qu'il désirait emprunter. Ça ne lui ressemblait pas. Il ne savait pas s'il était quelqu'un de bien, mais il lui était impensable, intolérable même, d'être un de ces types qui trompaient impunément leur femme sans éprouver le moindre scrupule. Il ne savait pas mentir. Alors voilà, les questions étaient claires : était-il oui ou non prêt à tout quitter ? Ne risquait-il pas de faire encore plus de mal à Fanny ? Fanny n'avait-elle pas suffisamment souffert ? Il n'était pas à la hauteur, il était paumé.

Quand il se décida à sortir de sa chambre, il découvrit qu'un paquet avait été déposé devant sa porte. Surpris, il lut l'adresse de l'hôtel, son prénom juste en dessous, nota qu'il était un peu abîmé. Il le retourna, remarqua qu'un des coins avait été légèrement ouvert et qu'un petit morceau de l'emballage avait été déchiré, sûrement dans le transport.

Il rentra dans sa chambre, regarda machinalement par la fenêtre d'où il vit la motoneige désormais familière, là, juste en dessous.

L'expéditeur ne faisait aucun doute : c'était forcément Carole qui, lassée de ne pas avoir de ses nouvelles, s'était arrangée pour lui faire parvenir un objet à la hauteur de sa frustration. Qu'est-ce que son épouse pouvait bien lui avoir envoyé ? Il craignait le pire...

Il arracha le paquet sans conviction. Un bonnet.

Se pouvait-il que sa femme se soit inquiétée du froid qui régnait dans cette montagne ? Se pouvait-il que sa femme ait décidé de passer outre son énervement à l'idée de passer un autre réveillon que celui qui était prévu pour *enfin* s'inquiéter pour lui ?

Il enfila le bonnet, convaincu que cette marque d'attention arrivée pile au moment où il doutait était un signe salutaire.

Carole était là, elle comptait sur lui, elle pensait à lui, en dépit de leurs désaccords. Fanny lui plaisait, elle lui plaisait énormément, mais non, impossible, il y avait Carole...

Encore chamboulé par les remontrances de Lucien, Tom avait ressenti le besoin d'être auprès de sa maman. Alors il était retourné dans la chambre et s'était lové contre le corps chaud de Fanny.

Un peu plus tard, quand ils sortirent de la chambre, la jeune femme poussa ses enfants pour qu'ils ne s'attardent pas à l'étage et les implora de chuchoter. Elle ne voulait pas courir le risque de se trouver nez à nez avec Romain : la gêne aurait été trop forte. Tout en pressant le pas, elle décocha une œillade discrète vers le palier d'à côté et constata que le paquet n'y était plus. Son cœur se souleva. Quelle réaction son cadeau avait-il suscitée chez le jeune homme ? Comme elle aurait aimé être une petite souris pour se couler, ni vu ni connu, dans les interstices. Au moins autant qu'elle aurait aimé se changer en autruche, histoire de pouvoir s'enterrer dans le sol lorsqu'elle le croiserait.

À la vue du sapin de Noël en bas, Fanny eut une pensée fugace pour sa mère. C'était cet après-midi qu'Arlette devait subir son examen à l'hôpital. Or la jeune femme devait se rendre à l'évidence, elle ne pourrait même pas être auprès d'elle pour la soutenir. Et avec cette avalanche qui avait coupé les communications, elle n'avait aucun moyen de lui passer un simple coup de fil. Ça la rendait malade. Il faut dire que durant ces dernières heures, Romain avait accaparé son esprit, comme une parenthèse enchantée. La réalité reprenait désormais ses quartiers, avec tout ce qu'elle comportait d'incertitudes, de peur et de tristesse.

Elle n'avait pas très faim : elle faisait négligemment le tour du buffet, à peine troublée par le manège de Laurine et Hélène occupées à appliquer de la glace sur le nez amoché de Franck, sous l'étroite surveillance de Pierre.

Michèle se glissa près de Fanny et, après avoir embrassé les deux enfants, répondit à la question que la jeune femme n'avait pas posée.

— Il y a eu du grabuge ce matin, commença-t-elle. C'est le petit ami de Laurine. Il n'a pas supporté que l'autre se montre trop insistant…

Fanny se força à sourire poliment.

— Il drague vraiment tout le monde ! intervint Lilou avec une candeur désarmante.

Fanny ouvrit de gros yeux et s'apprêtait à mettre son index sur ses lèvres pour signifier à sa fille qu'une telle réflexion était pour le moins impolie, quand un aboiement aigu s'immisça dans la conversation. Monsieur Chang avait bien envie de mettre son grain de sel et son intervention sonna comme un assentiment.

À cet instant, Romain apparut. Cheveux en bataille, cernes, barbe mal rasée. Fanny ne put s'empêcher de songer qu'il était sexy en diable. Elle détourna rapidement les yeux et feignit une soudaine et puissante obsession pour les petits pots de confiture qui s'étageaient devant elle.

Michèle perçut le manège de la jeune femme et s'esquiva, entraînant à sa suite les deux enfants et son chien. Elle savait reconnaître l'amour et, plus que tout autre, comprenait combien celui-ci nécessitait de précautions et d'attention. Et de discrétion.

— Fraise ? Abricot ? Crème de marrons ? demanda Romain en s'approchant de Fanny.

Des frissons coururent le long de la nuque de la jeune femme. Ses doigts se mirent à chercher un pot, n'importe lequel. Fruits rouges ou miel, tout était bon pour faire diversion et s'assurer une contenance.

— Orange, répondit-elle sans se retourner, la voix grêlée par l'émotion.

— Amère ?

Elle pivota.

— Plutôt, oui ...

Il hocha la tête. Le jeu de mots n'était pas passé inaperçu. La connivence entre eux deux était incontestable. Le regard du jeune homme coula jusqu'au bonnet qu'il tenait dans sa main. Les yeux de Fanny en firent autant. Elle balbutia, sur un ton interrogatif :

— Il est... ?

— Très joli, oui.

Romain prit un air désolé. Il poursuivit :

— Un cadeau de Carole… je ne pensais pas que… ce n'est pas son genre mais il faut croire que…

Tandis qu'il s'embourbait, Fanny réalisa la méprise dont le bonnet, son bonnet, était la victime. Et, plus encore, elle perçut la reconnaissance que Romain éprouvait envers sa femme. Cela lui brisa les quelques miettes qui restaient au fond de son cœur éprouvé. L'incompréhension l'étrangla : elle avait signé pourtant, sous l'inscription « Merci pour tout ». Comment avait-il pu confondre ? Comment était-ce possible ?

— Bref… conclut-il, sentant combien l'échange était pénible pour la jeune femme.

Bien sûr, elle eut envie de le contredire, de lui hurler que ce bonnet, c'est elle qui l'avait fabriqué, qu'elle y avait passé des heures au creux de la nuit, que c'était pour le remercier, pour qu'il n'ait pas froid, aussi. Et qu'il pense un peu à elle, parfois… *Dis, tu ne m'oublieras pas, n'est-ce pas ?* Mais la vision de cet homme et de son bonheur d'avoir reçu un présent de sa femme l'en empêcha. Alors, elle s'effaça…

— Tant mieux, lâcha-t-elle, la gorge ceinte par un foulard imaginaire qui la privait d'air.

Là-dessus, elle prit la tangente, abandonnant Romain qui ne sut que faire de son bonnet, des confitures et de ce sentiment diffus mais bien présent qui l'oppressait.

Quant à la neige qui retenait tout ce petit monde prisonnier, bien qu'elle ait commencé à fondre doucement, elle n'était toujours pas déblayée. Mais ce n'était plus qu'une question d'heures…

Quelques heures seulement pour que les derniers rêves se réalisent.

– 39 –

Lucien avait passé la matinée près de la radio. Lorsque la nouvelle de l'envoi des déneigeuses lui parvint, il s'empressa de la colporter auprès d'Hélène, qui se chargerait bien de l'annoncer à la cantonade. Hors de question pour lui de beugler à tue-tête. Déjà que tout était parti à vau-l'eau, on n'allait pas en plus claironner comme des pies-grièches en plein mois de mai.

Dès qu'elle fut mise au courant, Hélène acquiesça mollement. Les routes seraient dégagées avant la nuit et la vie, bientôt, reprendrait son cours. Le fiasco n'était pas total puisque Emma et Kate étaient là, et qu'un nouveau-né viendrait bientôt égayer son existence. N'empêche, est-ce qu'ils auraient pu faire plus ?

Elle réfléchit, ses yeux d'eau pétillèrent. Elle avait perdu une bataille, certes, mais pas la guerre ; elle avait une dernière carte à jouer.

Elle traîna ses chaussures jusqu'au petit salon où tout le monde était réuni et déclama, après avoir réclamé le silence :

— Les déneigeuses viennent de partir de la vallée. Si tout va bien, elles seront là ce soir aux alentours de 19 h.

L'audience accueillit l'annonce avec un enthousiasme parcimonieux. Seules deux exclamations jaillirent : Tom envoya un « ouais » énergique – l'enfant supposait que les déneigeuses étaient une bonne nouvelle et, comme après toute bonne nouvelle, un « ouais » bien senti s'imposait – et Laurine lâcha un juron dont elle avala la dernière syllabe, incitée par les yeux noirs d'un Lucien qui n'aimait pas que la jeunesse jure en public. On devina malgré tout un « fait chier » (ou, plus exactement, un « faich ») : si les routes étaient de nouveau praticables, Lons-le-Saunier redevenait accessible. Cette fichue Diane allait donc pouvoir refaire du gringue en présentiel à son Kevin. Quoique, avec un père loueur de skis, ce n'était certainement pas la neige qui aurait arrêté cette nymphomane chronique – avouons ici que « nymphomane » ne fut pas le terme exact qui traversa son crâne. Aussi, nous comptons sur la sagacité du lecteur pour distinguer le mot véritable, en trois syllabes, que son esprit aboya et que la politesse nous pousse à taire.

Hélène hissa son regard jusqu'à la cime du sapin où étincelait l'étoile argentée, avant de continuer :

— Je sais que cette avalanche vous a obligés à modifier vos projets et qu'elle vous a tenus éloignés de vos proches pendant plusieurs jours. Il est vrai que la montagne nous apprend à rester modestes. C'est la nature qui fait la loi ici… Enfin bon, pour vous remercier de votre patience et de votre compréhension, nous avons décidé de vous offrir une dernière nuit aux Cinq Marmottes et, bien entendu, un réveillon en bonne et due forme.

Michèle et Pierre échangèrent un sourire radieux, Franck songea qu'à tout prendre, un réveillon offert ne pouvait pas faire de mal, Kate posa sa paume contre le ventre d'Emma où elle sentit de petits coups vifs, Romain se sentit heureux de prolonger un peu l'état de grâce de cette semaine et de pouvoir profiter encore quelques heures de la présence bienfaisante de Fanny et de ses enfants. Sans compter qu'échapper à un réveillon avec la belle famille n'était pas pour lui déplaire. Un sursis en somme.

Fanny, quant à elle, ne sut trop quoi penser : elle ballottait entre deux envies contraires : celle de fuir et celle de rester. Telle une locomotive perdue devant un aiguillage, elle oscillait entre l'allégresse visible de ses enfants que la perspective de passer la veillée de Noël ici enchantait, l'envie de faire durer le plaisir de la proximité d'un Romain auquel elle ne parvenait pas à renoncer malgré ses efforts, et le besoin de retrouver Arlette et de chasser, loin d'elle, le plus vite possible, le chagrin d'amour qui était en train de lui dévorer le cœur. *De toute façon,* se dit-elle enfin, *à 19 h, il fera nuit.* Et conduire la nuit à la montagne, avec la trouille vissée au levier de vitesse et des chaînes pendantes sur les pneus, ne la réjouissait pas plus que ça. Il serait bien temps de prendre la route le lendemain. Alors d'accord, va pour le réveillon à La Marmottière.

À la perspective d'un retour tout proche, Tom s'alarma.

— Mais les caribous ? On en verra quand ?

À la vue de ce petit bonhomme déçu de voir son rêve réduit à peau de chagrin, une tendresse générale gagna l'atmosphère.

— Ce n'est pas encore fini, le rassura Kate, il y a encore ce soir … On ne t'a jamais dit que le soir de Noël, tout est possible ?

Les yeux scintillant d'espoir, le gamin se mordit la joue, tandis qu'Hélène murmurait quelque chose à l'oreille de Kate qui, en réponse, hocha la tête.

— Et les communications ? questionna Michèle lorsque les sourires attendris se furent estompés. Vous pensez qu'elles seront rétablies d'ici peu ? J'aurais tellement aimé pouvoir passer un petit coup de fil ou deux…

Romain se redressa, se prenant à espérer que la réponse soit négative. Faire durer un peu, juste un peu… Hélène échangea un regard perplexe avec Lucien avant de prononcer :

— Sans doute demain, oui…

Les hôtes s'éparpillèrent. Lucien se rapprocha d'Hélène…

Et là…

— Quand je me suis connecté tout à l'heure, il y avait un message de Nono : il voulait des nouvelles.

— Tu lui as répondu quoi ?

— Que c'était mal emmanché.

— Ce n'est rien de le dire. Mais je nous ai fait gagner un peu de temps. Tu as pensé à tout débrancher ?

— Tu me prends pour un lapin de trois semaines ?

– 40 –

Pendant qu'Hélène, Lucien et Laurine, aidés par Emma et Kate, s'échinaient aux préparatifs d'une fête qui s'annonçait homérique, Fanny suivit mollement ses enfants sur l'unique piste de la station.

Triste comme un caillou, elle avait la motivation d'une huître perdue sur un plateau de fruits de mer, entre un cadavre de gambas et une rondelle de citron. Elle avançait lentement en traînant derrière elle la lourde luge dont les freins se coinçaient régulièrement dans la neige, et la cordelette dans les freins, l'obligeant ainsi à s'arrêter et à se baisser, sous les quolibets enjoués de Tom et Lilou.

Si Tom était bien trop petit pour comprendre la peine de sa maman, il n'en était pas de même pour sa sœur. Lilou, douée d'une perspicacité hors du commun et plus mature que la plupart des fillettes de 10 ans – certains diront que son histoire de vie y est pour beaucoup –, avait saisi le malaise. Si elle s'efforçait de blaguer et de lancer des piques à sa maman, c'était dans l'espoir de la faire sourire, au moins un peu.

Mais Fanny ne souriait pas, elle n'en avait pas le cœur. Pendant que ses *moon boots* crissaient sur la neige dure, dans sa tête tournaient en boucle les images de cette journée ensoleillée où Romain était là, près d'eux, pour leur offrir sa bonne humeur. Et, comble de malheur, il y avait eu cette malencontreuse histoire de bonnet et ce malentendu qu'elle n'avait pas eu la force de dissiper. Comment avait-il pu croire que le paquet était arrivé par la Poste ? Un paquet sans timbre, sans adresse… Et comment avait-il fait pour passer à côté du message qu'elle avait inscrit sur la feuille qui faisait office d'emballage ? C'était incompréhensible… Et, surtout, comment avait-elle pu croire à une deuxième chance ? Tout en écrasant sa peine sous ses grosses chaussures, elle se promit qu'on ne l'y reprendrait plus. Plus jamais.

— Fanny ! appela une voix essoufflée, crevant le silence cotonneux de la montagne.

Elle s'arrêta net. Elle n'avait pas besoin de se retourner pour savoir qui l'avait hélée. Elle entendit les pas pressés, la respiration saccadée.

— Fanny, répéta Romain quand il fut à proximité. Je voulais te dire…

Elle baissa la tête avant de planter ses pupilles dans les siennes. Le contact de son regard hypnotique la fit tressaillir brièvement, cet homme lui faisait un effet qu'elle ne pouvait pas nier. Seul Sébastien avait eu ce pouvoir-là sur elle. C'est d'ailleurs pour ça qu'elle l'avait épousé. Parce qu'en quelques secondes, il savait effacer le reste du monde. Tout comme Romain…

D'ailleurs, à cet instant, la montagne disparut, ainsi que le ciel, les deux faucons pèlerins qui tournoyaient au-dessus d'eux, Les Cinq Marmottes en contrebas, la petite cabane adossée à la remontée mécanique, le type bizarre à l'intérieur. Il n'y eut soudain plus rien que le regard de l'un plongeant dans celui de l'autre.

Le cœur de la jeune femme battait sur ses lèvres. Elle pria pour que Romain ne remarque pas qu'elle était sur le point de lui sauter au cou pour ne plus jamais le lâcher. Un moment d'égarement, juste un moment d'égarement…

— Tu viens ? brama Tom en revenant sur ses pas, talonné par Lilou qui aspirait, sinon à empêcher, du moins à modérer l'intrusion de son frère.

Fanny quitta les yeux du jeune homme et attarda son regard sur le bonnet bleu et violet qui recouvrait ses tempes et ses oreilles. Comme un gamin pris en faute, Romain enleva le couvre-chef et le comprima dans son poing. Les fibres du mohair dépassaient de ses doigts. Le nœud, dans l'estomac de Fanny, se resserra d'un seul coup. Les larmes montaient, c'était idiot, elle le savait, elle avait dépassé l'âge de chialer à la manière d'une adolescente. Et puis, quelle allure avait-elle ? Qu'allait-il penser d'une femme incapable de se reprendre ? Mais c'était plus fort qu'elle…

Elle avait compris le marasme dans lequel Romain se débattait, à sa place elle aurait peut-être choisi la même voie, elle ne pouvait pas lui en vouloir. L'animosité ne la consolerait même pas.

Romain se sentait confus, honteux ; ce bonnet sur lequel Fanny avait posé son regard avait la forme d'un rempart infranchissable entre elle et lui. Et pourtant, comme il avait envie de la serrer contre lui, de sentir l'odeur de ses cheveux, la chaleur de sa peau, de lui dire tout ce qu'il ressentait. Quelle drôle d'existence était-ce là, quand au moment où il pensait avoir rencontré la femme de sa vie, son épouse lui montrait à quel point elle avait besoin de lui ?

Fanny se tenait là, devant lui, forte et fragile à la fois, un peu maladroite, un peu trop, un peu pas assez, si belle, la plus belle de toutes. Il réprima la bouffée d'amour qui menaçait de l'étouffer.

— Je suis désolé, vraiment, j'aurais voulu…

— Je sais… moi aussi…

Contre toute attente, elle se hissa sur la pointe des pieds et frôla ses lèvres d'un léger baiser. Bouleversé, ému, il saisit sa main gercée par endroits, sentit son épiderme froid, la réchauffa un instant, en embrassa déli-catement le dos.

— Pardonne-moi… murmura-t-il.

— Jamais, parvint-elle à prononcer dans un doux sourire qui disait tout de la bénédiction qu'elle lui offrait.

Il lui rendit son sourire douloureux. Il n'avait jamais été plus amoureux qu'à cet instant. Il recula, fit volte-face, s'éloigna le plus rapidement possible, s'enfuit en somme, mordant ses lèvres pour empêcher les sanglots de s'installer. Un homme, ça pleure parfois.

Mais la vie est faite d'imprévus. En effet, ni l'un ni l'autre n'eurent le loisir de se cramponner longtemps à sa peine : un tremblement agita tout à coup la mon-tagne…

– 41 –

Un grondement déchira le silence du paysage enneigé. Les deux faucons pèlerins s'enfuirent en poussant des « ka yac ka yac » stridents, les cimes des sapins gigantesques tanguèrent, des flocons de neige mal amalgamés quittèrent le sol pour rejoindre les sommets et se déposer un peu plus loin. Les cheveux se soulevèrent, les yeux se plissèrent, ceux de Fanny, de Lilou et de Tom, ceux de Romain, ceux de tous les autres sortis pour l'occasion, les mines affublées de stupeur.

Le bruit allait *crescendo*. Il devint assourdissant. Tous scrutèrent les hauteurs.

Un hélicoptère creva le ciel de traîne.

Comme un seul homme, Hélène et Lucien placèrent leur main droite en visière sur leur front tandis qu'Emma caressait son ventre pour calmer le bébé qui s'était mis à gigoter avec l'énergie d'un cabri dans un enclos. Tremblotant dans les bras de Michèle, Monsieur Chang quant à lui hésitait entre un aboiement dissuasif et un gémissement de soumission. Les oreilles baissées dans sa collerette, il opta finalement pour un grognement plaintif, un juste milieu qui lui parut acceptable.

Incrédules, tous virent l'énorme monstre se rapprocher avant de voler en stationnaire et d'amorcer sa descente dans un indescriptible brouhaha. Instinctivement, ils reculèrent pour ne pas risquer de se faire embrocher par les hélices tournoyantes de la machine.

Le moteur grondait encore quand le gigantesque hélicoptère gris, noir et blanc toucha le sol et que son flanc se souleva. Les tympans broyés par le tohu-bohu qui abîmait la sérénité, tous retinrent leur souffle, le regard suspendu à ce qui allait bien pouvoir sortir du ventre de l'animal en aluminium.

Puis ce fut le silence. Un silence comme une onde de choc.

Un homme sauta à terre, les oreilles enserrées dans un casque d'aviation rouge, des lunettes de soleil opaques vissées sur le nez. Une fois en place, il posa un marchepied au sol, se retourna et tendit un bras qu'une autre personne attrapa sans manières.

Moulée dans une combinaison noire et jaune ajustée, les cheveux blonds tirés en arrière et maintenus par un enchevêtrement d'épingles, de larges verres fumés qui laissaient deviner ses grands yeux.

Carole… Dès qu'il l'aperçut, Romain se rétracta instinctivement comme un chaton peureux.

Carole… Il la savait capable de tout, Carole était de ces femmes qui n'hésitaient pas à s'acheter un bulldozer pour écraser les mouchoirs en papier qui avaient le malheur de se trouver sur sa route, mais un hélicoptère, ça non, il ne l'avait pas vu venir.

Il écrasa un peu plus le bonnet au fond de sa paume.

— Ah, te voilà ! remarqua-t-elle sur le ton de celle qui note simplement la présence d'une guêpe autour de son jus de goyave. Tu sais que j'ai cru mourir dans ce truc tellement j'étais mal installée ? Franchement, à notre époque, on n'a pas idée… Bon, allez, on n'a pas beaucoup de temps, mais si on se dépêche, on pourra être à l'heure chez mes parents !

Abasourdi, Romain bredouilla :

— Mes affaires, elles sont …

— Ils te les renverront !

S'adressant à la volée à ceux qui étaient là, interdits :

— Les coursiers viennent bien jusqu'à votre patelin ?

Personne ne lui répondit. Ils étaient tous bien trop étonnés pour pouvoir articuler trois mots. De toute façon, elle n'aurait pas écouté. Carole écoutait rarement. Elle imposait, elle décidait, elle dirigeait, mais écouter ne faisait pas partie de ses prérogatives.

— La voiture, elle…

— Plus tard ! répliqua-t-elle sèchement. J'enverrai quelqu'un récupérer la bagnole.

Elle sortit son téléphone, regarda l'heure qui s'affichait et souffla :

— Dépêche-toi, j'ai prévenu mes parents que nous aurions un peu de retard mais il est hors de question que nous arrivions après tout le monde. Et je veux avoir le temps de repasser à la maison et d'enfiler une tenue décente…

Elle s'interrompit, dévisagea Romain qui se sentit rétrécir sous le poids de son imperfection et largua avec dédain :

— … et toi aussi évidemment !

Fanny avait contourné l'hélicoptère pour voir ce qui se tramait. Un enfant dans chaque main, elle se tenait à quelques mètres de la femme qu'elle reconnut immédiatement. Carole était fidèle au souvenir qu'elle lui avait laissé lorsqu'elle l'avait croisée aux Tilleuls, alors que Romain rendait visite à son grand-père. Un mauvais goût envahit son palais pendant qu'elle assistait à la scène, médusée. Face à son épouse, Romain devenait un enfant timoré, peu confiant, pas très solide. Et celui qui se tenait là, comme un con, devant cet hélicoptère incongru était à des années-lumière du Romain qu'elle avait appris à connaître ces derniers jours. Appris à connaître, à apprécier. À aimer.

D'un geste, Carole mit fin aux palabres et rentra à l'intérieur de la cabine de l'appareil.

— Alors, tu viens ? s'impatienta-t-elle.

Vaincu, Romain posa un pied sur la marche. Il chercha Fanny du regard, la trouva, s'attarda sur son visage qui exprimait tant de choses, sentit qu'il ne pourrait bientôt plus bouger s'il ne montait pas très vite rejoindre sa femme.

Il monta. La poitrine lacérée, le cœur en pièces.

Fanny resserra ses poings sur les doigts de ses enfants.

« Aïe », gémit Tom.

Mais elle ne l'entendit pas.

L'engin avala le jeune homme contrit, la portière claqua sur les espoirs de la jeune femme. De nouveau, le moteur gronda, les hélices se mirent à tourner, de plus en plus vite, ébouriffant la neige alentour. L'hélicoptère s'éleva dans les airs. S'éloigna. Bientôt, il ne fut plus qu'un petit point à l'horizon et une vague rumeur ronronnant dans la montagne.

Elle avait perdu Romain. C'était fini.

Lilou la poussa gentiment.

— Allez viens, Maman, tu vas attraper froid…

Mais, cette fois, une colère sourde, violente, s'était emparée d'elle.

— On s'en va ! lança-t-elle. Tout de suite !

– 42 –

À peine avait-il grimpé dans la cabine que le copilote lui tendit un casque vert équipé d'un micro.

— Pour le bruit et la communication, lui précisa-t-il.

Romain le garda en main quelques secondes avant de se décider à l'enfiler, comme on se décide à tourner une page.

Il s'installa sur le siège qu'on lui indiqua. Son cœur se souleva en même temps que l'hélicoptère, son regard se perdit dans la contemplation de ce coin de Jura qui lui avait montré qu'autre chose était possible, cet hôtel qui disparaissait jusqu'à devenir une rognure de bois au milieu d'un océan immaculé, et cette femme en forme de minuscule tache vacillante qui avait donné à son existence une saveur nouvelle et qu'il abandonnait pourtant.

Il reconnut non sans un pincement la pente sur laquelle il s'était amusé avec Tom et Lilou, la grange dans laquelle les enfants s'étaient réfugiés, le lac gelé entre les sapins. De là-haut, tout cela ressemblait aux éléments d'un décor de carton-pâte. Une simple maquette avec laquelle joueraient des gamins. Il ne parvenait même pas à trouver la vue jolie…

Tandis que ses pensées s'échappaient par le pare-brise du cockpit, Carole parlait. Et elle parlait beaucoup.

— J'ai vraiment cru qu'on n'y arriverait jamais. La prochaine fois que ton grand-père a des affaires à récupérer, tu lui répondras de se démerder. Surtout pour un paquet de cartes. Non, parce qu'on est pas tous à sa disposition. Lui, il est à la retraite, grand bien lui fasse, mais c'est pas notre cas… enfin, c'est pas *mon* cas, et je n'ai pas que ça à faire que de louer des hélicoptères pour te tirer de la panade dans laquelle il t'a fourré… Oh oui, je sais ce que tu vas me répondre, qu'une avalanche, ça prévient pas, tout ça, mais quand même, à cette époque, on peut pas dire que ce soit d'une rareté folle, hein, les avalanches ; pas besoin d'être Nostradamus pour savoir que ça te pendait au nez !

Elle inspira, montrant par là qu'elle en avait terminé avec les remontrances et qu'il était temps de passer à autre chose.

— Mes parents nous attendaient pour 18 h mais je suis parvenue à négocier pour 19 h, j'espère qu'on ne sera pas en retard ! Je t'ai sorti ton costume gris, c'est le plus potable de tous, je l'ai fait nettoyer, il est revenu du teinturier tout à l'heure, il t'attend pendu dans la salle de bains. Et puis il faudra aussi que tu mettes ce parfum que je t'ai offert, le Gucci. *Please*, pas le Jean-Paul Gauthier, d'ailleurs tu devrais le jeter celui-là. Hector le met tout le temps, et honnêtement, je n'en peux plus de cette odeur… Bon, sinon, faut que je te *briefe :* mon père voulait absolument que tu rencontres le PDG de chez Soft technics, tu sais la boîte qui fabrique des suites bureautiques… Il a bon espoir que ton CV l'intéresse, il a parlé de toi et…

Les mots que Carole prononçait d'une voix chuintante à travers les oreillettes formaient, pour Romain, un imbroglio de sons qu'il n'avait aucune envie de démêler. D'ailleurs, il n'y prêtait pas l'oreille, l'esprit désespérément accroché à La Marmottière.

— Mais c'est quoi ce truc ? C'est archi laid !

Cette fois, l'intonation horrifiée de Carole eut raison de l'obsession de Romain. Il jeta un œil distrait à son épouse, suivit la direction de son regard et réalisa que son bonnet était tombé par terre.

Comment ça, « archi laid » ? C'était pourtant elle qui… Ce bonnet ne venait pas d'elle !?

Mais de qui alors ? Sa mémoire projeta un certain nombre d'images à l'intérieur de son crâne. Comme s'il n'attendait que ce moment-là pour jouer son tour, son inconscient le propulsa sur le seuil de sa chambre d'hôtel, ce matin, au moment où il avait découvert le petit paquet, puis, un peu plus tard, devant le buffet du petit-déjeuner. Fanny, son regard, cette… déception… se pouvait-il que… ?

La méprise lui sauta à la figure. Évidemment que c'était un cadeau de Fanny ! Comment avait-il pu croire un seul instant qu'il provenait de Carole ? Comment avait-il pu être assez stupide pour se tromper à ce point, assez bête pour abandonner celle qui possédait sans doute les clés de son bonheur ?

Comme un écho lointain au tumulte de ses pensées, il entendit les gargouillis produits par la voix de Carole. Elle parlait toute seule, sans réaliser qu'il ne lui répondait pas, comme d'habitude.

— … lâcher la proie pour l'ombre… il y a des *process* à respecter, on l'a encore rappelé au *workshop* de la semaine dernière. Hector a beau s'en foutre royalement, ce n'est pas lui qui mène la barque … Je me tue à lui dire que ça ne sert à rien de tourner autour du pot, il faut prendre le *lead* sur la propale. C'est comme pour toi, faut que tu te positionnes, je vais pas pouvoir t'en dégoter des centaines des offres comme celle-là…

— Je descends, lâcha-t-il en se penchant pour ramasser le bonnet bicolore.

— Pardon ?

— J'ai dit : je descends !

— Comment ça, tu « descends » ? On n'est pas arrivés ! T'as qu'à prendre un sac juste là, si tu es malade ! Il va falloir te mettre un peu au vert si tu veux mon avis, ils ont dû t'empoisonner avec leur fromage au lait cru à tous les repas ! Il nous reste quoi, vingt minutes ?

Le pilote, qui suivait la discussion dans son casque, leva un pouce : vingt minutes, ça devait être à peu près la durée de vol restant.

Romain reprit, s'efforçant de garder son calme :

— Ce n'est pas dans vingt minutes que je descends, c'est tout de suite.

— Tu débloques complet ma parole !

Il se leva et s'adressa aux pilotes :

— Atterrissez maintenant !

Pilote et copilote se regardèrent, indécis.

— Non ! cracha Carole, folle de rage.

— Si !

Romain se pencha sur le panneau de commande, menaçant de créer un accident terrible si sa demande n'était pas exaucée sur-le-champ. L'hélicoptère vacilla, Carole étouffa un cri de peur, le copilote tenta de contrôler Romain. Peu à l'aise avec ce type d'action coup de poing, ce dernier priait en son for intérieur pour que les pilotes prennent rapidement la décision la plus sage.

L'hélicoptère se stabilisa et amorça une descente douce. Carole explosa :

— Qu'est-ce que vous faites ?

— Désolé madame, répondit le pilote. On le débarque pour des questions de sécurité.

— Non ! Je vous l'interdis ! Reprenez de la hauteur ! Montez ! MONTEZ ! C'est un ordre !

Le copilote se retourna vers elle :

— Navré, c'est le pilote qui est maître à bord !

— Mais… mais… mais… bafouilla-t-elle, écarlate de haine, tandis que, déjà, la terre se rapprochait.

— Tu es devenu complètement cinglé ! vociféra-t-elle. Qu'est-ce qu'ils t'ont fait à la Termitière ?

Les arbres retrouvaient une taille honorable. L'hélicoptère toucha le sol, les têtes dodelinèrent. Le copilote sortit.

— Je suis amoureux…

— Quoi ? hurla-t-elle, la bouche tordue dans une grimace furieuse.

Elle enleva son casque, le jeta à terre, reposa sa question :

— Comment ça, « amoureux » ? D'une vache, c'est ça ? Pfff, non mais « amoureux » quoi…

Il secoua la tête, davantage dépité par l'attitude prévisible de Carole que par la rupture qu'il était en train d'acter.

— Elle s'appelle Fanny… Et elle est merveilleuse… Et je suis… désolé…

— Va te faire foutre !

Romain sauta sur la terre ferme.

— Au fait, c'est La Marmottière, lui dit-il avant que la porte claque, pas La Termitière.

Carole colla sa figure déformée par la colère contre la vitre tandis qu'il reculait afin de laisser à l'hélicoptère le champ libre pour reprendre son envol. L'engin disparut à l'horizon, dans le ciel à présent sans nuages. Le silence reprit ses droits, seulement piqué par le chant de quelques jaseurs boréaux.

Le jeune homme remplit ses poumons d'une bouffée d'air. Puis, la poitrine légère quoique gorgée d'oxygène vivifiant, il observa le paysage qui s'offrait à lui et nota qu'il était dans une bien jolie vallée et que le ciel avait une belle couleur. Il extirpa son téléphone de la poche de sa doudoune et sourit en regardant son écran. Il enfila ensuite son bonnet avant de se mettre à avancer à travers les sapins enneigés.

– 43 –

Fanny tirait ses enfants par les bras. Vite, les bagages. Vite, la voiture. Vite partir d'ici, vite quitter cet endroit qui lui faisait tant de mal…

— Mais Maman, et la fête ce soir ? s'indigna Lilou.

— … et mon caribou ? geignit Tom.

— Comment ça ? Vous partez ? s'inquiéta Hélène en les voyant passer en trombe.

Craignant d'exploser, Fanny ne prit pas la peine de s'arrêter. Elle fendit la petite foule ahurie.

— Oui, on s'en va, lança-t-elle seulement, la voix éraillée, métallique.

— Mais… c'est… impossible… les routes ne sont pas déblayées…

— Nous y arriverons, ma mère m'attend, je veux pouvoir passer le réveillon avec elle… c'est important, ajouta-t-elle en réprimant un sanglot.

— Voyons, ce n'est pas sérieux, insista la vieille femme aux abois.

Tout en talonnant Fanny, Hélène adressait des signes discrets à Lucien qui lui répondit par des hochements de tête las.

— Merci de vous inquiéter, mais ça va aller. Les chasse-neige sont en chemin, c'est vous-même qui l'avez dit tout à l'heure, c'est l'affaire de quelques kilomètres avant que nous les rencontrions.

Elle commanda à Lilou et Tom de l'attendre et pénétra seule dans l'hôtel d'un pas rapide. Elle en ressortit une dizaine de minutes plus tard, valises et sacs brinquebalant au bout de ses bras tremblant de chagrin et d'amertume.

— Vous m'aidez ? demanda-t-elle à Franck qu'elle trouva sur son passage.

— Évidemment, rétorqua le représentant, sa paupière boursouflée contrastant avec le petit air enjoué et mutin qu'avait revêtu son œil valide.

L'homme s'empressa de saisir les bagages et de gravir le talus de neige jusqu'au parking. Déséquilibré par le poids des sacs, il trébucha à maintes reprises. Mais il tint bon et, bientôt, il ouvrait le coffre de la petite Clio rouge, à découvert maintenant que la neige avait fondu sur la carrosserie.

Il offrit de gratter le pare-brise pour enlever le gel collant qui obstruait la visibilité.

— Merci, bégaya Fanny en enfonçant la clé de contact sous le tableau de bord.

— Service ! répondit l'autre, jovial, tout en agitant le grattoir sur le carreau.

Si elle n'était pas si mal en point, elle rigolerait. Mais elle ne rigolait pas. Sans doute plus tard, quand elle y repenserait, d'ici un an, ou deux, ou cent cinquante...

— Vous ne devriez pas, tenta à son tour Emma en se penchant dans l'habitacle.

Le pot d'échappement crachait une fumée rageuse, le moteur feulait sous les coups de pédale de Fanny.

— C'est pas très bon de chauffer le char quand y a kek'chose qui nous chicote... essaya Kate à son tour.

En vain.

Michèle y alla de son argument, Pierre aussi, Hélène échoua encore à faire entendre raison à la jeune femme qui, déjà, installait Tom dans son réhausseur. Même Lucien, pourtant peu loquace, grogna un « Au moins pour les gosses, faut pas charrier ».

Les pneus peinèrent à se cramponner à la route, la neige s'accumula sous le châssis, le voyage n'allait pas être de tout repos.

Et c'est le cœur serré que tous assistèrent au départ compliqué d'une mère folle de tristesse et de colère, d'une fillette déçue comme pas possible et d'un petit garçon aux yeux pleins de larmes tenant fermement son caribou en peluche entre ses doigts aux ongles rongés.

Après l'avalanche, la neige s'était comprimée et s'était changée en glace par endroits. Les plaques de verglas rendaient la progression périlleuse et la descente très risquée. Peu à l'aise dans ce genre de situation, Fanny se cramponnait au volant, l'esprit concentré sur la route. C'était toujours ça de gagné : pendant qu'elle s'échinait à ramener tout le monde en vie, elle ne pensait à rien d'autre. Une sorte de trêve.

Derrière, Tom et Lilou ne pipaient pas un mot. Tout à leur déception, les enfants regardaient s'éloigner la perspective d'un Noël à la montagne. Quant au caribou, jamais on ne l'apercevrait. C'était dommage, même Lilou s'était prise à imaginer que peut-être, un caribou passerait par là, juste parce que c'était Noël et que Noël c'était aussi ça. Malgré ses 10 ans et bien qu'elle ne croie plus au Père Noël depuis belle lurette, une partie d'elle s'attachait à conserver ce privilège de la petite enfance : croire que tout était possible et que la magie existait. Mais c'était raté, la Clio rouge les emportait vaillamment vers leur cité HLM, loin, si loin des monts enneigés et des promesses d'un horizon moins gris.

La musique nostalgique que crachaient les enceintes – Arlette possédait toute la discographie de Véronique Sanson – n'amoindrissait pas le dépit de la petite fille. À côté d'elle, son frère renifla. Il n'avait pas pleuré, s'était retenu depuis le départ, mais le barrage menaçait de céder. Lilou prit la main du garçon et chercha à le consoler silencieusement en caressant sa paume. Frère et sœur n'avaient jamais eu besoin de mot pour se comprendre, surtout depuis la mort de leur père : quand elle lui sourit, le garçonnet gonfla ses épaules et essuya le coin de ses paupières avec la patte de son caribou. Il serait grand, il ne pleurerait pas.

La fillette amorça ensuite une série de grimaces afin que la gaieté reprenne possession des lieux. Le petit garçon explosa d'un rire cristallin, suivi par sa sœur qui ne put résister à ses propres blagues, tout cela sous l'œil discret et attentif de Fanny qui assistait à la scène par le truchement du rétroviseur.

Soudain, le visage de Lilou changea de couleur.

— Stop ! cria-t-elle à sa mère.

– 44 –

Fanny pila juste devant l'homme qui levait les bras à son attention, manquant de le renverser. À l'arrière, Lilou était blême.

L'homme s'approcha de la voiture. D'un geste, il commanda à Fanny d'ouvrir sa vitre.

— 'jour m'dame, Gendarmerie nationale, papiers du véhicule s'il vous plaît.

— Euh oui, bien sûr…

Interloquée, Fanny fouilla dans son sac à main. Elle lui tendit son permis de conduire et la carte grise au nom de sa mère.

— Ce n'est pas le même nom, remarqua l'homme.

— Ma mère m'a prêté sa voiture…

— C'est un problème.

— Ah bon ? Pour quelle rai… ?

— C'est un problème, c'est tout, répéta-t-il, cinglant.

Pendant que l'homme faisait le tour du véhicule, Fanny le détailla. Il était petit, trapu, légèrement voûté. Il semblait très âgé. Bien sûr, certaines personnes rencontrent des problèmes de dos relativement jeunes… mais quand même, quel âge pouvait-il bien avoir ? Fanny était dubitative. Dommage que la visière trop grande de son képi masque son visage… Et puis, son accoutrement n'était pas celui d'un gendarme normal. Elle n'était certes pas très au fait de la mode officielle en vigueur mais enfin, la dernière fois qu'elle avait vu un uniforme sable et un képi, c'était dans *Le gendarme de Saint-Tropez*.

Louis de Funès. Ce type qui examinait maladroitement sa voiture lui faisait penser à Louis de Funès. En plus intriguant toutefois. Et en nettement moins rigolo.

Un choc contre la voiture fit sursauter les trois passagers. Fanny se retourna vivement.

Qu'est-ce qu'il fabrique ? se soucia-t-elle tout en tâchant de ne rien laisser paraître devant ses enfants.

— Il y a un problème avec votre phare arrière, annonça le vieux gendarme quand il revint vers la vitre conducteur.

— Ah bon ? Mais il marchait très b…

— Il est cassé.

— « Cassé » ? protesta-t-elle. Comment ça, « cassé » ?

— Cassé. Comme cassé.

— Vous permettez ? lâcha-t-elle en déclipsant sa ceinture de sécurité.

L'autre afficha un drôle de sourire. Un sourire auquel il manquait des dents.

— Je vous en prie, souffla-t-il en prenant un air solennel qui offrait un contraste saisissant avec ce qu'il dégageait.

Elle se précipita à l'arrière du véhicule. Là, elle ne put que constater que le gendarme n'avait pas menti : le plastique recouvrant son phare droit n'était plus là. À sa place, un trou béant entouré de morceaux de plastocs acérés comme des lames.

— Voyez ? lança le gendarme, pas mécontent de lui.

— J'étais pourtant sûre que…

— Oui. Mais non. Remontez dans votre véhicule, je vous prie.

À nouveau ce ton cérémonieux qui tranchait avec l'allure désuète du petit gendarme. Au moment où elle obtempéra, sa chaussure s'engouffra dans un petit monticule de neige fraîche. Un bruit de plastique écrasé s'échappa de sa semelle, tandis qu'un rayon de soleil se reflétait dans le bout de plexiglas quasi à découvert.

— Vous… fulmina-t-elle…

Contre toute attente, l'autre se mit à siffloter. Déstabilisée par l'attitude désinvolte du bonhomme, Fanny le dévisagea méchamment et, tout à coup, fut certaine d'une chose. Ce gendarme tout droit sorti d'un film des années soixante-dix ne lui était pas inconnu. Elle l'avait déjà vu quelque part. Mais où ? Si seulement il pouvait retirer son képi…

– 45 –

— Y a un souci ? s'enquit une autre voix masculine qui remontait la route en sens inverse.

Fanny pivota. Sa chaussure écrasa un peu plus le plastique quand elle réalisa qu'un autre gendarme avait fait son apparition. Celui-ci était plus grand, plus jeune. Et plus conforme, aussi, à l'idée qu'elle se faisait d'un gendarme. Un pantalon et une veste noirs à liseré gris, des gants épais, un képi avec un écusson sur la tête et une énorme visière qui dissimulait à moitié son regard.

— Non, répondit le vieil homme qui ressemblait à Louis de Funès, enfin je ne crois pas. Madame s'apprêtait à remonter dans sa voiture et à prendre la route dans l'autre sens.

— Euh… non, pas vraim…

— Ah oui ? coupa de sa grosse voix le nouvel arrivant sans faire cas de Fanny.

— Eh oui, son phare est *kaput*…

— Alors s'il est *kaput*…

Fanny assistait, sidérée, à l'échange qui se faisait sans elle.

— Non mais excusez-moi, s'interposa-t-elle à bout de nerfs, je ne vais pas du tout dans l'autre sens ! Je descendais, là !

Le jeune la toisa d'un air rompu.

— Remontez dans votre véhicule.

— Je…

— Tout de suite. À moins que vous n'ayez envie que j'appelle des renforts.

Elle leva les mains en signe d'apaisement.

— C'est bon, j'y vais …

Elle reprit sa place derrière le volant tandis qu'à l'arrière, Lilou tentait de faire diversion auprès de son petit frère.

— Bien, commença le plus jeune des types en se baissant au niveau de la vitre, vous comptez aller où comme ça ?

De la vapeur s'échappait de ses lèvres.

— Nous descendons à Lons-le-Saunier pour ensuite récupérer l'autoroute pour rentrer à Paris, c'est urgent…

— Tttt tttt tttt, c'est fâcheux, répondit-il, honnêtement navré. La neige est encore trop présente, la descente est impossible, il va falloir patienter, le temps que les chasse-neige fassent leur travail. Surtout avec ce phare…

Elle s'arma de son plus beau sourire ; peut-être que ce jeune homme n'aurait pas le cœur de contrarier une pauvre femme acculée…

— Dites, c'est vraiment urgent, ma mère est malade, je dois rentrer et je, enfin nous…

— Impossible. Faites demi-tour !

Elle s'offusqua :

— Ah ça non alors, pas question !

Elle promena son regard devant elle, cherchant désespérément une échappatoire. À deux mètres de la voiture, l'autre gendarme était en train de se curer les dents à l'aide de son petit doigt. Fanny se demanda brièvement si un petit coup d'accélérateur pourrait régler le problème. Elle décocha une œillade à Lilou dans le rétroviseur qui l'en dissuada en fronçant le nez.

Intuitif, le gendarme en noir s'engouffra dans la faille, il reprit :

— Remontez, c'est un ordre.

Fanny se sentit soudain minuscule. Merdeuse même. Comme lorsqu'elle était gamine et qu'elle se faisait disputer par l'instituteur parce qu'elle n'avait pas fait signer son cahier de correspondance. Pareil.

Vaincue, elle mit le contact. Le moteur de la Clio répondit à l'injonction en vrombissant. Elle enfonça la pédale d'embrayage et enclencha la marche arrière sur son levier de vitesse en maugréant : « Non mais quand même, on s'en sortira jamais, je le retiens Jean-Noël avec ses vacances... »

Une musique pop retentit. Pas dans les enceintes, non, l'autoradio n'avait pas été rallumé. Il provenait d'autre part.

La bouche du gendarme se tordit en un rictus gêné. Il retira un de ses gants et enfonça sa main dans la poche de son manteau. Quand il la retira, Fanny s'aperçut avec étonnement qu'elle était commotionnée. Son étonnement augmenta d'un cran lorsqu'elle entendit le gendarme répondre à l'appel d'une voix qui n'avait rien à voir avec celle qu'il utilisait depuis tout à l'heure.

— Dis, Maman, chuchota Lilou, ils ont pas des talkies-walkies normalement...

— Je ne sais pas ma chérie, je ne sais plus... soupira mollement Fanny en remontant la poignée de sa vitre et en amorçant un demi-tour.

Cette voix, elle l'avait déjà entendue. Et cette main avec cet hématome. Et ce vieux, là, avec son costume d'opérette. Qu'est-ce que c'était que ce cirque ? Et pourquoi cette fichue Marmottière s'obstinait-elle à ne pas vouloir les laisser partir ?

Avec tout ça, elle en oublia de regarder son propre téléphone. Dommage, elle se serait rendu compte que le réseau, ici, fonctionnait parfaitement…

– 46 –

— On fait quoi ? s'étonna Tom.

— Demi-tour… répliqua sa sœur avec fougue.

— Pour de vrai ?

Les yeux du garçonnet se mirent à briller d'espoir.

— Ouais, pour de vrai, répondit Lilou sans chercher à dissimuler sa satisfaction de retourner à l'hôtel et d'avoir finalement sa veillée de Noël à la montagne.

Tom, lui, voyait déjà la scène : le caribou, fier et élancé, face à lui. Il s'approcherait timidement. L'animal serait craintif, il reculerait d'abord, hésiterait, reviendrait. Mais ça ne durerait pas. Au bout d'une demi-seconde, il accepterait la présence de l'enfant et se laisserait caresser. Et il parlerait. Et ça durerait toute la nuit. Parce que c'était un rêve et que ce n'est pas interdit de rêver.

Assise depuis près de deux heures dans le petit salon où crépitait le sempiternel feu de bois, Fanny rongeait son frein. Dehors, le jour tirait sur sa fin : le ciel, ou plutôt ce qu'elle en voyait depuis son fauteuil, s'était paré d'une belle couleur champagne qu'aucun nuage ne venait gâcher. Déjà apparaissait la Lune, pleine et ronde comme un pamplemousse.

Si ce court voyage en voiture avait offert des vacances à son cœur, revenir dans cette atmosphère familière avait réveillé ses sentiments. Et parmi eux, le manque, pesant et vertigineux, de Romain.

Un hélicoptère ! Merde alors ! s'insurgeait-elle encore en son for intérieur. Comment avait-elle pu croire qu'elle pouvait avoir quoi que ce soit en commun avec lui ? Ils n'étaient pas du même milieu, ils n'appartenaient pas au même monde ! Elle était venue le chercher en hélicoptère, sa superbe femme, longiligne, la queue de cheval autoritaire – elle l'entendait d'ici décréter qu'il s'agissait d'une «*pony tail*», tellement plus *hype* qu'une simple couette –, les cuisses fuselées par des années de fréquentation d'une salle de sport hors de prix, des vêtements tellement bien taillés qu'on se demandait si elle n'était pas née avec – et d'ailleurs, où les achetait-elle au juste ?

En hélicoptère… quand elle, elle se baladait avec une vieille Clio rouge borgne. Qui ne lui appartenait même pas, en plus…

En hélicoptère…

— Maman, Hélène dit qu'on doit tous se retrouver dans une heure et demie devant la réception ! Il faut qu'on se dépêche de se préparer ! Faut mettre des après-skis apparemment…

— Je suis déjà prête mon cœur, certifia Fanny, sans motivation.

Lilou scruta sa mère avec perplexité.

— T'es sûre ? Parce que ton jean, là… c'est Noël quand même…

Comme pour étayer sa remarque, la fillette montra le sapin rutilant, majestueux sous ses guirlandes chatoyantes.

— Tu vois, insista-t-elle, c'est Noël…

Le manque d'empressement de sa maman l'attristait au plus haut point. Personne ne devait être malheureux à Noël. Encore moins sa maman.

Fanny se redressa d'un seul coup, soudain préoccupée : elle venait de réaliser qu'elle n'avait pas apporté le cadeau destiné à Tom. Elle se détesta, eut à nouveau envie de pleurer quand elle avoua à sa fille d'une voix étranglée :

— Ma chérie, je n'ai pas le cadeau de ton frère, il faudra attendre qu'on rentre, je suis tellement désolée. Je n'imaginais pas qu'on serait obligés de passer Noël ici, si j'avais su…

Lilou haussa les épaules avant de prendre sa mère dans ses bras. Elle ne voyait pas le problème.

— … T'inquiète, c'est pas grave… De toute façon, j'ai pensé à un cadeau pour Tom… C'est pas grand-chose, mais bon, comment elle dit Mamie déjà ? *Pour marquer le coup*, c'est ça ?

Fanny se dégagea avec regret de l'étreinte et fixa sa fille qu'elle trouva sacrément grande. Trop grande. Le temps s'enfuyait…

— Ma chérie… si tu savais comme je suis fière de toi…

Et elle lui frictionna les cheveux, comme pour retarder le moment où elle serait adulte.

— Hé, arrête, se récria joyeusement Lilou, ma coiffure !

Lorsqu'ils furent tous devant la réception, Hélène annonça qu'ils partaient pour une petite promenade. Michèle tenait son chien à collerette dans les bras. Pour l'occasion, Monsieur Chang avait revêtu un manteau rouge et blanc. D'ailleurs, tous étaient emmitouflés de la tête aux pieds.

— Et Lucien ? Il n'est pas là ? demanda Emma, le menton coincé dans une énorme écharpe couleur crème.

— Il nous attend déjà là-haut ! répliqua la vieille femme avant de regarder la grande horloge au-dessus du comptoir. Ouh la la, et il vaudrait mieux qu'on accélère si on ne veut pas le retrouver changer en congère.

— Et le beau sapin ? s'étonna Tom. Il vient pas avec nous ?

— Sois tranquille. Là où je t'emmène, il y en a des dizaines. Au fait, tu n'as pas oublié que tout était possible à Noël ?

Le petit garçon secoua la tête. Bien sûr que non il n'avait pas oublié, pour qui le prenait-on ?

Tous se mirent en rang d'oignons pour suivre les pas assurés de la vieille femme, formant une colonie de bibendums vaguement grotesques. Conduits par une Hélène au summum de sa forme, ils grimpèrent en riant et rirent en grimpant, mis à part Fanny qui, elle, ne faisait que grimper. Tout au long du chemin, les spéculations allaient bon train : ils ne savaient pas à quoi s'attendre. Ce séjour leur avait donné le pire comme le meilleur. Alors on n'était plus à une surprise près. Ce dont en revanche ils ne se doutaient pas, tandis qu'ils arpentaient le sentier de ski de fond à la lueur des lampes-torches, c'était à quel point ils allaient en avoir pour leurs mirettes !

Gais comme des pinsons, ils traversèrent une forêt de sapins. Lorsqu'ils en sortirent, les bouches tombèrent dans un effarement émerveillé. Un lac glacé trônait au milieu d'une clairière. Tout autour avaient été disposés des flambeaux dont les flammes dansaient comme des feux-follets et se reflétaient dans la glace.

L'endroit ne leur était certes pas inconnu, il l'avait tous déjà fréquenté le jour de la petite escapade de Tom et Lilou. Mais ainsi sublimé par les torches, il prenait une tout autre saveur. Comme un lieu hors du temps, hors de tout.

On entendit un gros *clac*. Des guirlandes, suspendues comme par magie au-dessus de l'étendue d'eau illuminèrent la surface de bleu, de vert, de rouge et zébrèrent les visages ébahis de jets de lumière multicolores. Copiant le jeu de la glace, les verres des lunettes de Pierre s'animèrent eux aussi d'un arc en ciel.

Lucien apparut, tout près du groupe électrogène. À ses pieds, une énorme caisse. Hélène en sortit une paire de patins à glace.

— J'espère que vous savez patiner ! s'exclama-t-elle.

Ni une ni deux, tout le monde se déchaussa pour enfiler une paire de patins. Pendant ce temps, Lucien alluma un petit poste de musique. La voix de Tino Rossi enfla entre les conifères. Jamais on ne fut plus heureux dans cette partie de la montagne.

Lilou se lança la première, suivie de Tom, de Pierre, de Michèle, de Monsieur Chang – dans les bras de sa maîtresse, cela va de soi –, de Kate qui maintenait Emma qui ne lâchait plus Hélène, et de Laurine.

Fanny, elle, se tenait à l'écart, arrimée à un point invisible, quelque part entre son cœur et celui de Romain. Des flocons de neige tombaient doucement et atterrissaient sur ses épaules et ses gants. L'allégresse générale augmentait encore son désarroi. Elle avait froid, elle était malheureuse et elle n'aimait décidément plus vraiment Noël. Sa seule consolation se trouvait dans le bonheur de ses enfants qui titubaient un peu plus loin et dont elle entendait les hurlements de joie.

— Une fille triste, c'est comme un sapin sans épine, ce n'est pas normal…

Son cœur manqua un battement. Elle tressaillit, crut à une illusion. Pensa être devenue comme cette pauvre Jeanne d'Arc.

Tremblante, craignant de s'être trompée, elle tourna la tête dans la direction de l'homme qui venait de prononcer cette phrase bête comme chou mais qui, pour elle, à cet instant, avait la puissance d'un proverbe croate millénaire.

Romain. Avec son bonnet violet et bleu enfoncé jusqu'aux oreilles.

Elle réprima un petit cri de surprise, lui sauta dans les bras sans se soucier de l'air d'adolescente névrosée que cela lui donnait sûrement.

— Et… ta femme… ? s'inquiéta-t-elle tout à coup.

— Envolée…

— Envolée, répéta-t-elle à voix basse.

Envolée, dans son hélicoptère loué pour le prix d'un loft à Palavas… Ils s'enlacèrent aussi fort qu'ils le purent avant de s'embrasser. Ce baiser-là, échangé au milieu des flocons voltigeant au rythme d'un vent léger, avait le goût d'une première fois. À quelques mètres de là, Hélène et Lucien se sourirent. Avant que Lucien disparaisse…

Lilou, elle, s'était arrêtée de patiner. Elle contemplait le nouveau bonheur de sa maman. Puis, se rappelant soudain qu'elle avait une tâche à accomplir, elle s'approcha de Michèle, sortit deux bandes de la poche de son pantalon, un rouleau de scotch qu'elle déchira d'un coup de dents et accrocha le tout sur le dessus de la collerette de Monsieur Chang.

Elle se posta devant son petit frère avant qu'il ait entamé sa énième pirouette à la manière d'un mini Candeloro.

— Tiens, annonça-t-elle fièrement en lui montrant le petit chien affublé de ses bois en papier qu'elle tenait dans ses bras, le voilà ton caribou !

Tom resta interdit une seconde, avant d'écarquiller grand les yeux. Lilou suivit le regard de son frère. Ce n'est pas Monsieur Chang que l'enfant scrutait avec effarement.

Le chahut d'un souffle puissant exhalé par des naseaux figea le ballet des patineurs qui vinrent, comme un seul homme, se placer aux côtés des deux enfants. Il y eut ensuite le bruit d'un sabot grattant le sol, un ébrouement. Et, enfin, le tintement de la boucle du licol au bout duquel se tenait un Lucien silencieux. Comme tout le monde d'ailleurs. L'arrivée de la bête les avait tous pris par surprise. Même Kate, Hélène et Emma, qui avaient été à l'initiative de cette idée, demeuraient immobiles, subjuguées.

Puis Tom avança. Tout seul. Petit gars impressionné mais courageux. Il tendit le bras vers l'animal.

— Je peux ? prononça-t-il timidement à l'adresse de Lucien.

Le vieil homme acquiesça d'un signe de tête, tandis qu'au coin de son regard presque centenaire se formait une minuscule bulle d'eau salée. L'émotion…

Tom se mit sur la pointe des pieds et frôla le museau du mammifère. Lucien se baissa ensuite, souleva l'enfant et le déposa délicatement sur le dos du cervidé. D'abord droit comme un I, apeuré par la hauteur qui séparait ses petites jambes pendantes et le sol, Tom effleura les bois avant de se coucher sur l'encolure. Il se cala contre le cou, l'embrassa. Et l'animal, complice ou heureux lui aussi, allez savoir, ne bougea pas pour s'offrir docilement à l'étreinte du petit garçon.

— Désolé *couélon*, c'est un cerf, pas un renne…

Mais l'enfant ne l'entendit pas. À vrai dire, il s'en fichait bien.

Et la neige tomba de plus belle sur cette scène hors du commun où des adultes furent émus aux larmes de voir un petit bout d'homme monté sur ce cerf majestueux, au milieu de ces lumières chatoyantes, près de ce lac gelé…

Une scène qu'on aurait volontiers prolongée pendant un siècle ou deux.

– 47 –

Le jour se leva. Un 25 décembre ensoleillé.

Premier levé, Franck était parti tôt, avant l'aube. Sans un mot, sans un bruit, la déception au fond du ventre et le dégoût de se promener avec un ourlet de pantalon et une chaussure souillés par l'urine de Monsieur Chang. Apeuré par la vue du cerf, le petit chien s'était soulagé sur le représentant sans même s'en rendre compte... La poisse, décidément. Il était donc retourné vendre des aspirateurs. La semaine suivante, il se rendrait à l'auberge de la Grande Rivière. Avec un peu de bol, il réussirait à y placer trois ou quatre catalogues et, si la chance était pour une fois de son côté, il rencontrerait une gentille serveuse pour le réchauffer. Enfin, avec son œil au beurre noir, ce n'était pas gagné...

Fanny s'éveilla avant Romain. Elle passa rapidement la tête dans la chambre où dormaient encore ses enfants et descendit à la réception. Il n'y avait personne. Ne voulant pas remonter de crainte de réveiller ceux qui étaient dans les bras de Morphée, elle demeura au rez-de-chaussée, seule, sans savoir comment occuper les pensées qui remplissaient sa tête d'oiseaux et son ventre de papillons.

Elle avisa par hasard le tableau en liège situé au fond de la réception, où étaient punaisés des clichés en noir et blanc d'une époque révolue. Là, un bûcheron prenait solennellement la pause devant un tronc gigantesque. Ici, un sabotier présentait son établi pendant que, sur les photos d'à côté, deux cardeuses se penchaient en souriant sur leur métier à carder et qu'un jeune homme se pavanait en béret.

C'est à ce moment-là qu'elle s'aperçut qu'une des photos ne cadrait pas avec les autres. Bien moins cérémonieuse, elle montrait cinq bambins juchés sur un rocher. Ils devaient avoir 5 ou 6 ans, guère plus. L'un deux était une fillette, ses cheveux longs et bouclés encadrant un visage poupin, les genoux découverts sous une jupe plissée. Les autres, quatre garçons en culottes courtes, arboraient des mines bravaches. On sentait qu'ils s'impatientaient, sans doute pressés de sauter et de gambader. D'ailleurs, avec un peu d'imagination, on pouvait les entendre se plaindre, maugréer et gémir que ça y était, qu'on en avait marre, qu'il allait bientôt faire nuit et que…

L'un d'eux tenait une carte à jouer. Et ce regard-là ne trompait personne. Pas Fanny en tout cas. La stupeur la gagna tandis que le cœur battant, elle passait derrière le comptoir pour mieux scruter les marmots.

Jean-Noël était là, sur cette photo, sûr de lui. Des cheveux courts, une salopette short, un minois amusé, une dame de cœur fièrement tendue vers le photographe.

À côté, c'était Hélène, elle en aurait mis sa main à couper. Les yeux n'avaient pas changé. Comme, d'ailleurs, la forme de son visage. Rond, comme une jolie pêche.

Près d'eux, un gamin boudeur. Lucien. Le regard ne change jamais. Jamais.

Exaltée comme une enquêtrice près de résoudre une énigme inextricable, Fanny poursuivit son analyse. Elle n'en revenait pas de la facilité avec laquelle elle pouvait remettre les deux autres. Le petit châtain, là, avec sa jambe surélevée et son auriculaire dans la bouche, c'était le gendarme et, accessoirement, le responsable de l'unique tire-fesses de la station. Quant au grand avec ses sourcils froncés, elle l'avait vu dans l'étable. Il portait désormais une grosse barbe mais la similarité du regard était, là encore, indiscutable.

Une barbe... une barbe...

Le front de Fanny se plissa, signe d'une intense réflexion. Les idées entraînaient d'autres idées, chaque constatation une nouvelle supposition.

Une barbe... se répéta-t-elle sans comprendre la raison pour laquelle son esprit butait de la sorte. Ce n'était qu'un détail après tout...

Une barbe ! Soudain, ça y est, elle avait mis le doigt sur ce qui la tarabustait : elle se remémora tout à coup cette fin d'après-midi au cours de laquelle l'avalanche s'était déclarée et elle se souvint de ce qu'elle avait vu à ce moment-là, sans y prêter grande attention : un type barbu dévalant une pente à toute vitesse après une explosion.

Un type barbu ? Le même ? Il lui était absolument impossible d'en être certaine, en vérité, l'homme était passé bien trop loin ce jour-là et bien trop vite, pour qu'elle ait pu le reconnaître formellement. Pourtant, la voix au fond d'elle était sans appel, une intuition en somme, qui n'avait nul besoin de faits pour se suffire à elle-même : l'avalanche n'était pas tombée du ciel. Quant à l'homme barbu, il n'y était pas pour rien.

Avait-il agi seul ?

Fanny regarda les cinq marmots défiant l'objectif. *Bien sûr que non*, se dit-elle, le cœur gorgé de reconnaissance envers ceux qui s'étaient alliés pour changer le cours de quatre vies, celle de Tom, de Lilou, de Romain et de la sienne.

Les cinq marmottes, évidemment. Et dire que c'était écrit sur le fronton de l'hôtel depuis le début…

Quelques heures plus tard, à cinq cents kilomètres de là…

Les pensionnaires étaient réunis dans le réfectoire transformé en salle des fêtes pour l'occasion. Aux Tilleuls, le déjeuner de Noël était une institution. Galantine aux pistaches et au foie gras, dinde aux marrons avec des pommes duchesse, plateau de fromages puis bûche génoise et crème au beurre praliné ou Grand Marnier. Et, pour les plus courageux d'entre eux, une amande enrobée de chocolat pour faire descendre le café.

Les discussions allaient bon train et recouvraient sans peine les airs de musette joués par un accordéoniste. Bientôt, le repas serait terminé et les tables déplacées. Le linoléum de la cantine deviendrait une piste de danse où les corps se jetteraient dans des valses et des tangos endiablés.

Pour l'heure, des agents s'affairaient à monter une petite estrade…

Travailler le 25 décembre n'avait jamais été un problème pour Nadia : sans enfant, sans mari et sans attache véritable, elle appréciait l'atmosphère festive qui régnait à la maison de retraite en ce jour si spécial. Évidemment, elle savait que la plupart des personnes âgées qui se trouvaient là auraient préféré passer Noël auprès des leurs, enfin pour ceux qui avaient la chance d'avoir une famille. Aussi se démenait-elle, comme tous ses collègues d'ailleurs, pour leur faire oublier les absents et ceux qui n'avaient pas pu – ou pas daigné – venir les chercher.

Les sourires étaient au rendez-vous. Chacun, personnel comme pensionnaire, avait revêtu ses plus beaux atours. Les paillettes étaient de mise, la laque aussi. C'était un déjeuner réussi. Même Carambar avait enfilé un nœud papillon pour se mettre au diapason des autres convives.

Les assiettes à dessert se vidaient à grande vitesse. Déjà, des employés serpentaient entre les tables et versaient du café dans des tasses en plastique. Nadia regarda sa montre. Ça allait bientôt être à lui.

Elle se dirigea d'un pas vif vers le couloir.

— Prêt ?

Jean-Noël s'échinait à attacher ses boutons de manchette.

— Tu m'aides ? Je ne suis plus sûr de savoir comment on met ça…

Nadia prit les bras du vieil homme et attacha les crochets en plaqué or un à un. Quand elle eut terminé, elle se recula pour admirer le résultat.

— Alors ? s'inquiéta le magicien en tournant sur lui-même.

— Alors tu es…

Elle cherchait ses mots, se plaisait à le faire mariner.

— Tu me trouves ridicule, c'est ça ? Je me demandais si la queue-de-pie, ce n'était pas un peu trop…

Elle sourit de toutes ses dents.

— Tu déchires.

Il grimaça.

— Tu es d'une élégance rare, reprit-elle en déposant un baiser sur sa joue moelleuse.

— Il est formellement interdit de déconcentrer l'artiste, plastronna-t-il tandis qu'il attrapait son haut-de-forme et rentrait en piste sous les applaudissements fournis de la salle.

L'artiste, se répéta Nadia. À présent qu'elle le voyait dans son beau costume de scène, c'était évident que cet homme-là était fait du bois de ceux qui font rêver les autres. Elle ne s'expliquait pas la raison pour laquelle il avait jusqu'à présent tenu secret son ancien métier ni, surtout, pourquoi il s'était levé ce matin, avant l'aube, en réclamant que lui soit octroyé un peu de temps. « Pour faire de la magie », avait-il dit. Et il avait ajouté : « Ce que je sais faire de mieux. »

À une Nadia qui semblait avoir pris un trente-huit tonnes sur la tête tellement elle était ahurie de voir au petit matin : 1) Jean-Noël debout ; 2) debout et sans Carambar ; 3) debout, sans le chat de mauvais augure et sans quinte de toux ; 4) le smoking suspendu à la porte de la petite armoire et une valisette contenant tout un tas d'accessoires, foulards, jeux de cartes, tubes à essai, etc. ouverte sur le lit, il avait simplement déclaré : « J'ai reçu un coup de fil cette nuit. Il paraît que chez moi, Noël a déjà commencé ! Haut les cœurs et ne fais pas cette tête-là, les chats dans la gorge, ça finit toujours par passer… »

Décidément, elle avait beau y penser depuis sa prise de service, elle n'y comprenait rien. Après tout, pourquoi chercher à tout expliquer ? Elle soupira, heureuse de cette nouvelle résolution de lâcher du lest concernant les mystères de la vie, et revint au réfectoire.

« Allez Germain, prends une carte et ne me dis pas ce que c'est… Et si j'ai raison, tu m'offres un sonotone. »

La salle explosa de rire.

ÉPILOGUE

Les roues de l'appareil s'ébrouèrent au contact de la piste. La voix du commandant de bord résonna dans la cabine où les passagers commençaient à s'agiter :

« Mesdames et Messieurs, nous venons d'atterrir à Québec. La température extérieure est de 1° Celsius ou 33,8° Fahrenheit. Nous vous remercions de rester assis et de garder votre ceinture attachée jusqu'à l'extinction du signal. *Ladies and gentlemen…* »

— 1°… soupira son voisin en ajustant une des rares mèches qui parsemaient son crâne brillant.

— Oh moi, vous savez, on peut pas dire que le froid me fasse peur, rétorqua Hélène, ragaillardie à l'idée de pouvoir bientôt se dégourdir les pattes.

La vieille femme était exténuée. Elle qui n'avait jamais pris l'avion de sa vie n'avait pas commencé par le circuit le plus simple : après un trajet en train qui l'avait menée jusqu'à Paris, elle avait embarqué sur un Boeing estampillé Air Canada pour un vol Paris-Québec de presque huit heures. Voilà plus de vingt-quatre heures qu'elle avait quitté La Marmottière…

Pendant le voyage, elle avait regardé un film, écouté trois fois l'album d'une chanteuse dont elle ne se rappelait pas le nom – Dion, Fion ou Lion, elle n'était pas bien sûre –, avait somnolé un petit quart d'heure, s'était étonnée de la couleur du café qu'un *stewart* séduisant avait posé sur sa tablette, avait noirci quelques cases de la grille de mots mêlés de la page 7 du magazine qu'elle avait acheté à l'aéroport sur les conseils de Romain et Fanny, s'était régalée des madeleines au citron préparées par Arlette, avait contemplé une bonne dizaine de fois le dessin réalisé par Lilou sur lequel la fillette avait écrit « Bonne chance ! » et « Tout ira bien… » d'une écriture cursive surmontée de confettis multicolores et avait enfilé ses bas de contention, avant de les retirer sous prétexte qu'ils la comprimaient bien trop.

Bref, elle n'était pas fâchée de retrouver la terre ferme.

Vaguement déboussolée par l'immensité de l'aéroport, elle adressa un gentil sourire au douanier, récupéra son bagage et passa les contrôles sans rien déclarer – même pas les six bouteilles d'absinthe qu'elle avait emballées dans des serviettes-éponges. D'ailleurs, à Laurine qui s'était offusquée de la voir charger ses liqueurs au fond de la valise, elle avait avoué que les contrôles ne la tracassaient pas plus que ça : qui aurait l'idée d'enquiquiner une femme presque grabataire ? Au pire, elle plaiderait la sénilité. « C'est un truc qui marche bien… » avait-elle opposé à la jeune femme ahurie, avec son entrain habituel.

Quand, enfin, elle parvint devant la grille, elle balaya la foule du regard, un peu angoissée à l'idée de se trouver seule dans un pays qu'elle ne connaissait pas. Et si elle l'avait oubliée ? Mais son inquiétude fut de courte durée : très vite, la chevelure auburn de Kate se détacha du reste de l'assemblée venue accueillir les voyageurs.

Dès qu'elle aperçut la grand-mère d'Emma, la jeune femme s'éclaira d'un immense sourire et s'anima avec de grands signes de la main. Elles s'étreignirent en s'embrassant bruyamment sur la joue.

— Le voyage s'est bien passé ? demanda-t-elle en saisissant le chariot que poussait la vieille dame.

— Pas trop mal, à condition d'aimer les boîtes à sardines… Je suis rudement contente d'être arrivée. La classe éco, c'est bon pour ceux qui ont des petits abattis. Et pourtant, les miens ne sont pas bien gros, reconnut la vieille femme…

Hélène ne put attendre plus longtemps : elle entra dans le vif du sujet.

— Comment va-t-elle ?

— Emma ? ou… Emmy ?

Le regard de la vieille femme s'embua ; ses jambes vacillèrent. D'une voix pétrie d'émotion, elle demanda, non pas pour être certaine d'avoir bien entendu – elle n'était pas sourde, c'était ce qu'elle se tuait à répéter à Lucien qui, lui, en revanche, parlait de plus en plus fort – mais pour rendre concret ce rêve dont elle avait peur, chaque matin, de s'éveiller :

— C'est… une petite fille… ?

Kate hocha la tête.

— Elle a tes yeux, Hélène. C'est *border* angoissant d'voir à quel point elle te ressemble…

Hélène essuya une larme discrète.

— Et Emma ? bredouilla-t-elle en tentant de réfréner les tremblements qui agitaient sa main et son mouchoir.

— Elle t'attend, répondit Kate en la prenant par les épaules.

— Et… ?

— Christine ?

Hélène acquiesça, les mots tout à coup coincés dans sa gorge. Oui, Christine.

— Elle est dans le char, elle a hâte de t'voir.

— Forcée ou… ?

— Non, pas du tout, c'est elle qui s'est proposée… T'sais bien qu'on ne force pas la Christine…

Hélène ne put réprimer un sourire attendri à l'évocation du caractère de cochon de sa fille.

— Comment tu as fait ? pour qu'elle accepte…

— Je lui ai promis que tu lui raconterais une histoire à dormir debout… une histoire d'amour sans caribou… Allez viens, le char est juste là…

UNE AVALANCHE DE REMERCIEMENTS

Mes premiers remerciements s'adressent à vous qui tenez ce texte (ou cette liseuse) dans les mains et qui avez rendu tout cela possible. Vous avez été nombreux à tenter l'aventure de mon premier roman, *L'amour à nu*, et plus nombreux encore à plonger dans *Il était encore une fois*. Vous n'imaginez pas le bonheur que me procurent vos messages et vos encouragements depuis le début de cette aventure. Si je savais déjà qu'un roman était un condensé d'émotions, je n'avais pas idée, avant, d'à quel point il pouvait devenir un formidable terrain d'échanges. Merci merci merci pour cette aventure humaine incroyable et pour tous ces moments passés à vous lire. C'est précieux, croyez-moi. Si précieux que j'en redemande… J'espère de tout cœur que cette troisième histoire aura su vous séduire, que vous avez ri et pleuré aux côtés de Fanny, Romain, Hélène, Franck et tous les autres. Si le cœur vous en dit, n'hésitez pas à laisser un petit commentaire sur le site d'achat et/ou à m'écrire à : charliewat.auteur@gmail.com

Ce roman n'existerait pas sans mon mari. Ce livre, comme ceux qui l'ont précédé, c'est aussi le sien. Je ne compte pas les heures passées ensemble à sculpter ces personnages, à leur inventer un passé, un présent, un avenir. Avec tendresse, patience et bienveillance, il leur a donné vie et leur a dessiné un décor, avant de me relire avec attention et de pointer les incohérences (trop nombreuses) qui m'avaient échappé lors de la rédaction. Et puis, parce qu'un roman n'est pas qu'un texte, il en a aussi réalisé la couverture. Et là, autant vous dire qu'il a dû faire preuve d'un self-control hors du commun… Bref, *Une histoire d'amour sans caribou* n'aurait jamais pu ressembler à ça sans lui. Cette histoire est la sienne et ce roman un nouveau bébé dans notre existence. Vous trouvez que j'en fais trop ? Naaaan, c'est parce que vous ne le connaissez pas. Si vous saviez…

Je voudrais également remercier ma Clo ou Claudie Libersa. Cette femme admirable, correctrice de talent, qui ne cille pas devant mes fautes de frappe, qui ne lève pas les yeux devant mes égarements syntaxiques, qui ne soupire pas en découvrant ma mise en pages désastreuse, est un maillon indispensable de cette chaîne. Merci très chère Clo, pour tout ce que tu fais et tout ce que tu es.

Des énormes mercis à toutes les blogueuses qui me suivent. Elles sont nombreuses et font un travail formidable. Merci à vous les filles ! Sans cette visibilité que vous offrez à mes romans, rien de tout cela ne serait possible !

Merci Charlène Boutillier pour ton aide (et pour le fait de ne pas m'en avoir voulu…), merci Marion Poidevin pour ces fous rires devant mon écran d'ordinateur en découvrant tes gifs sur Twitter. Alors, Bruno Mars ou Robert Downey Junior ? Et les cookies, plutôt pépites de chocolat au lait ou noix de pécan ?

Les copines auteurs, je vous aime. Sonia Dagotor, merci pour nos échanges au restaurant japonais, pour nos MP, pour ta simplicité et ta générosité. Carène Ponte, merci d'accepter de jouer la cobaye, merci d'effacer les fichiers quand je suis trop fatiguée pour t'envoyer les bons.

Merci merci merci !

Je vous donne rendez-vous cet été pour de nouvelles aventures. Vous serez là ?

DU MÊME AUTEUR

L'amour à nu – *Comédie romantique*

Gaëlle rêve de devenir journaliste. Ses études terminées, elle se rend à Paris pour tenter de décrocher le job idéal. Dès son arrivée, elle rencontre Gabin, un jeune homme dont elle tombe éperdument amoureuse. Mais, bien sûr, rien ne va se passer comme prévu … Ajoutez à cela une arrière-grand-mère un peu fantasque qui lui envoie un cadeau pour le moins inattendu, et c'est toute son existence qui est chamboulée.

Après *L'amour à nu*, comédie romantique pétillante et originale, vous risquez de ne plus ouvrir votre boîte aux lettres de la même façon …

Il était encore une fois – *Comédie romantique*

Adolescentes, Mélanie et Sandra ne s'entendaient pas. À présent qu'elles sont adultes, elles ne se côtoient plus et ne s'en portent pas plus mal. Mais lorsque Caroline et Maxime décident de réunir leurs anciens camarades de lycée pour célébrer leur mariage, une semaine mouvementée se profile. D'autant plus qu'Adrien, le bel Adrien, est aussi de la partie.

Et encore, si ce n'était que ça … Parce qu'un petit imprévu pourrait bien venir tout perturber.

Après avoir lu *Il était encore une fois*, vous n'irez plus assister à un mariage de la même manière…

QUI SUIS-JE ?

La vie n'est pas toujours très réjouissante, les actualités sont souvent tristes à pleurer. Alors, pour chasser le gris, je me suis mise à écrire des histoires qui, je l'espère, sauront vous faire sourire.

J'y mets du rose (beaucoup), du rêve (un peu), de la bonne humeur (un sacré paquet) et de la légèreté (juste un doigt), que j'arrose avec un brin de folie.

Ces histoires, vous pouvez les lire entre deux M&M's, dans la rame bondée d'un RER, sur le quai d'une gare, dans un café ou chez vous, bien au chaud sous un plaid. Peu importe, au fond, il n'y a pas de mauvaises circonstances pour ouvrir une comédie romantique.

Si cet univers vous plaît, n'hésitez pas à me rejoindre sur Facebook.

23915677R00159

Printed in Poland
by Amazon Fulfillment
Poland Sp. z o.o., Wrocław